两钱铜币

[日]江户川乱步 著
竺家荣 译

四川文艺出版社

图书在版编目（CIP）数据

两钱铜币 /（日）江户川乱步著；竺家荣译. —成都：四川文艺出版社，2016.6

ISBN 978-7-5411-4304-5

Ⅰ. ①两… Ⅱ. ①江… ②竺… Ⅲ. ①推理小说－小说集－日本－现代 Ⅳ. ①I313.45

中国版本图书馆CIP数据核字（2016）第105712号

LIANGQIAN TONGBI

两钱铜币

[日] 江户川乱步 著

竺家荣 译

策划出品 磨铁图书
责任编辑 彭 炜 周 铁
封面设计 门乃婷工作室
内文设计 杨 芬

出版发行 四川文艺出版社（成都市槐树街2号）
网 址 www.scwys.com
电 话 028-86259285（发行部） 028-86259303（编辑部）
传 真 028-86259306

邮购地址 成都市槐树街2号四川文艺出版社邮购部 610031
印 刷 北京嘉业印刷厂
成品尺寸 700mm × 980mm 1/16
印 张 16 字 数 170千字
版 次 2016年8月第一版 印 次 2016年8月第一次印刷
书 号 ISBN 978-7-5411-4304-5
定 价 38.00元

目录

两钱铜币 001
变脸艺人 027
猜疑 043
湖畔亭离奇命案 071
两个废人 171
月亮与手套 187

· 两钱[1]铜币 ·

① 钱，日本1953年之前的货币单位。（译者注，下同。）

上

“真羡慕那个窃贼啊！”那个时候，我们俩都很穷困潦倒，以致说出这种话来。在市井地区的贫穷的木履店二楼，我们两个同租一个六铺席大的房间，房间里摆着两张破旧的漆面桌子，松村武和我整天无所事事地想入非非。我们两个已经到了山穷水尽、一筹莫展的境地，竟然羡慕起当时搅得世人不得安生的大盗贼本领高超来了。

那个盗窃事件与我下面要讲的这个故事有很大关系，所以在这里先简要介绍一下。

那件事发生在芝区的那个大型电机厂的职工发薪水那天。十几名计算薪金的会计正根据近五千人的工作计时卡，核算他们一个月的工资。就在会计们汗流浃背地从满满一大箱子纸币里——这是当天从银行里取来的——拿出二十元、十元、五元，分别装进堆积如山的工资袋里时，事务所门前来了一位绅士。

传达室的女子询问来意时，他说自己是朝日新闻社的记者，想见见经理。于是，女子拿着印有朝“日新闻社社会部记者”头衔的名片，向经理报告了这件事。碰巧这位经理深谙操纵新闻记者的方法。不仅如此，他虽然觉得对新闻记者大肆吹嘘，或是把自己的话作为“某某人谈话”登在报纸上等不是君子所为，可是谁也不会讨厌这种事情。于是自称是社会部记者的男人就被痛快地请进了经理的办公室。

这个男人戴着一副大大的玳瑁框眼镜，留着一撮漂亮的胡子，穿着讲究的黑色晨礼服，手提时髦的折叠皮包，沉着老练地在经理前面的椅子上坐了下来。然后，他从烟盒里抽出一根昂贵的埃及卷烟，拿起桌上放在烟灰缸上的火柴，潇洒地一擦，随后将一股青烟噗地吹到了经理的鼻尖底下。

“我想请教您关于贵公司的职工待遇的看法。”这个男子摆出一副新闻记者特有的傲慢架势，以率真而可亲的口吻这样开场。于是，经理就工人问题，主要是劳资协调、温情主义方面的话题滔滔不绝地大谈起来。这些话与本故事无关，姑且省略。在经理办公室坐了大约三十分钟的这位报社记者，在经理的高谈阔论告一段落时，说了声“对不起”，就去了厕所。之后，这个男子再没有回来。

经理只是觉得这家伙太没礼貌，并没有特别介意，正好到了吃午饭的时间，就去了食堂。可是，没一会儿，经理正大嚼着从附近西餐馆里买来的牛排时，会计主任脸色煞白地跑到他面前，报告道：

“准备支付工资的钱都不见了！被人偷走了！”

大为震惊的经理放下午餐，急忙赶去丢钱的现场察看。这突如其来的盗窃事件的详情，大致可以推测如下：

那个时候，工厂的办公室正在改建中，所以一般是在能够紧锁房门的专门房间里进行的工资计算事务，那天是临时在经理办公室隔壁的接待室里进行的。但是不知怎么搞的，午休时间这个接待室里的人都离开了。事务员们都认为会有人留下来，结果人们一个不剩地去了食堂，塞满成捆钞票的皮包在约半小时的时间内，被扔在这个没有上锁的房间里。一定是有人趁着房间里没人，偷偷进来拿走了那些钱。但是那个人没有拿已放入工资袋的和零碎的纸币，只是拿走了皮包里的二十元和十元的成捆钞票。一共损失约五万元。

经过一番调查，大家发现刚才的那个记者实在可疑。给报社挂电话一问，人家果然说报社里没有此人。于是又是报警，又是因工资不能延迟发放，再次请求银行准备二十元和十元的钞票等，大大忙活了一通。

闹了半天，那个自称是报社的记者，让善良的经理白费了一番唾沫的男子，原来就是被当时报纸评价为“绅士盗贼”而大加渲染的著名大窃贼。

所辖警察署的司法主任等人赴现场进行了察看，没有发现任何线索。那个窃贼居然准备了报社的名片，可见是个不易对付的家伙。当然更不会有什么遗留物。只有一点很清楚，即是留在经理记忆中的那个男子的容貌打扮，但这东西是很靠不住的。因为服装等可以更换，就连经理提供的唯一算是线索的玳瑁框眼镜，或是胡须等，仔细想想，也是最经常用于伪装的手段，所以也不足以作为其特征。

无奈之下只好进行筛查，派人四处寻问附近的车夫、香烟店的老板娘，或者摆摊商贩等人，有没有看到过如此这般打扮的人？如果看到的话，他往哪个方向走了？当然也给市内的各警察派出所送去了此人的画像。就是说，设置了警戒线，却毫无收获。一天、两天、三天……所有的手段都用尽了。各个车站都派了人进行监视，并向各府、县的警察署发出了通缉的电报。

就这样，一周过去了，还是没有抓住窃贼。警察好像已经绝望了，似乎只有等那个贼犯了什么别的罪被抓捕了。工厂的事务所每天都打电话给警察署，感觉像在责怪警方办案不够积极。署长就像自己犯了罪似的伤透了脑筋。

在这种绝望状态中，有一位属于同一警署的警察一直坚持不懈地挨家挨户走访着市内的香烟店。

在市内，进口烟比较齐全的烟店，各区多则几十家，少则也有十家左右。这位警察几乎跑遍了所有的烟店，现在只剩下山手的牛込和四谷两个地区了。如果今天跑完了这两个区，还是没有任何发现的话，他也打算放弃了。他抱着读中奖号码时那种说不上是快乐还是害怕的心情，不停地走着。时而在警察署前停下，向警察打听烟店的地址，再接着往前走。他满脑子都是FGARO、FGARO、FGARO这个埃及香烟的牌子。他打算去一下位于牛込神乐坂的一家烟店，于是从饭田桥的电车站，沿着那条大马路朝神乐坂下方走去。这时，他突然在一家旅馆前停住了脚步。因为在那家旅馆前的兼作下水道盖子的花岗岩石块上有一个烟蒂，如果不是特别细心的人是不会注意到的，而且它竟然与他到处寻找的埃及烟是一个牌子的。

结果，就是凭这一个烟蒂找到了突破口，使那样了不得的绅士盗贼也锒铛入狱了。由于从那个烟蒂到逮捕盗贼的过程中，如侦探小说般有趣，所以在当时的某报纸上，不断连载那名警察的功劳——我的记述其实也是根据那些报道——我为了尽快往前赶，在这里只能简单地说个结论，真是令人遗憾。

正如读者想象的那样，这位令人佩服的警察，是从盗贼留在工厂经理办公室的一个少见的烟蒂入手展开侦破的。他几乎走遍了各区的大烟店，即使备有相同的香烟，那种在埃及烟中也不太好卖的FGARO牌，最近也只有几家卖出过，而且都是卖给有名有姓的无可怀疑的人。可是到了最后这一天，正如刚才所说的，他偶然在饭田桥附近的一家旅馆前发现了相同的烟蒂，他不过是随意向这家旅馆探听了一下，却十分侥幸，竟然成了逮捕犯人的线索。

于是，经过了一番周折，比如说，投宿在那家旅馆的那个烟蒂的主人，与从工厂经理描述的该窃贼的长相大不相同，诸如此类的麻烦事，最终从那个男子的房间里的火盆底下，发现了犯罪时他穿的晨礼服，及其玳瑁框眼镜、假胡须等东西。根据这些确凿的证据，终于逮捕了绅士盗贼。

据那盗贼接受审讯时的坦白，犯罪当天——当然他知道那天是职工发工资的日子，所以去访问的——趁经理不在办公室之机，他进入隔壁的计算室拿了那些钱，马上取出折叠式皮包中装着的雨衣、鸭舌帽，将偷来的部分纸币装进包中，然后摘下眼镜，取下胡须，在晨礼服外面穿上雨衣，用鸭舌帽代替了原来的礼帽，若无其事地从另一个出口逃之夭夭。当被讯问为什么能够不被任何人怀疑地偷走了那五万元纸币时，绅士盗贼得意地嘻嘻一笑，答道：

“干我们这行的，浑身上下都是口袋。不信的话，请你们看一下没收的晨礼服。乍看是件普通的晨礼服，但实际上就像魔术师的衣服一样，里面布满了口袋。藏五万元钞票还不是小菜一碟。中国的魔术师，不是连装着水的海碗都能藏进衣服里吗？”

这起盗窃案如果就此完结，也就没有什么有趣的了，但是此案有一处和普通的盗窃案有所不同。而且这一点与我的这个故事有很大的关系。这是因为，那绅士盗贼对于偷窃的五万元钱的隐藏场所只字未说。警察署、检察厅、公审法庭这三个地方，用尽了各种办法逼问，他始终坚持说不知道，最后，甚至胡说什么在一周左右就把钱花光了。作为警察方面来说，只有依靠侦探的力量找出那笔钱的下落，可是花费很大精力也没有找到。因此，那绅士盗贼因隐匿五万元而被判处了对于盗窃犯来说是相当重的徒刑。

最苦恼的是被盗窃的工厂。作为工厂来说，比起找到犯人来，更希望找回那五万元钱。警察方面虽说并没有停止对这笔钱的搜查，但总觉得他们不够给力。于是工厂的负责人——那位经理发表了悬赏声明：如果有人找回那笔钱，奖励该钱款的十分之一，即五千元。

下面我想说的是关于松村和我的颇为有趣的故事，即是这盗窃案发展到这个阶段发生的事。

中

正如这故事一开始说到的那样，当时，松村和我住在穷街陋巷的木屐店二楼的六铺席房间里，已到了穷途末路、捉襟见肘的境地。不过，在所有的不幸之中还算幸运的是，此时恰好到了春天。这是只有穷人才知道的一个秘密。因为从冬末到夏初，穷人可以捡到很多便宜。不，只是感觉捡了便宜而已。这是因为，只有寒冷的时候才需要的和服外套啦、内衣啦，极端的时候，甚至寝具、火盆一类都可以拿到当铺去当了。当时我们也受到这种气候的恩惠，除去了“明天怎么过呢？”“月末房租费怎么办呢？”之类对今后生活的担忧，姑且可以松口气了。于是，我们就去了久违的澡堂，又去了理发店，在饭馆里，还要了生鱼片，外加一盅酒，代替了平日的大酱汤和咸菜。

有一天，我舒舒服服地从澡堂回来，在满目疮痍、晃晃悠悠的漆面桌子前一屁股坐下时，刚才一个人在家的松村露着一副特别兴奋的表情，对我问道：“喂，是你把两钱铜币放在我桌子上的吧？你是从哪儿拿来的？”

“啊，是我呀。是刚才买烟时找的零钱呀。”

“是哪个烟店？”

“饭馆隔壁的没什么人去的那家店，就是家里有个老太婆那家。”

“噢，是吗？”

不知为什么，松村沉思了半晌，然后仍然固执地问我：“你当时买烟的时候，还有别的顾客吗？”

“好像没有别人。对了，肯定没有。因为当时那老太婆在打盹呢。”

听了这个回答，松村好像放下了心。

“可是，那家烟店里，除了那个老太婆以外，还有什么人，你知道不知道？”

“我和那个老太婆关系很好。不知为什么，我倒是挺愿意看她那张爱答不理的面孔，所以关于那家烟店，我清楚得很。除了老太婆以外，家里只有一个比老太婆对人更爱答不理的老头。我说，你打听这些，到底想做什么呢？”

“算了。有点情况想了解一下。不过，如果你很清楚的话，能不能再给我说说那家烟店的事？”

“嗯，好吧。老头和老太婆有一个女儿，我见过他们的女儿一两次，长得挺不错的。听说她嫁给了一个什么给服刑者送货的人。老太婆曾跟我说过，那个送货的人很有钱，靠着他寄来的钱，这家不景气的烟店才没有倒闭，勉强维持到现在的……”

令人吃惊的是，我刚开始说有关自己知道的烟店的情况时，请我告诉他这些的松村却站了起来，貌似不想再听了似的，开始在不大的客厅里，像动物园里的熊那样，慢吞吞地从这个角落走到对面的角落。我们两人平时都是属于没有准性子的人。说着说着话突然站起来，也不是很少见的。但是，今天松村的态度与以往不同，以至于我闭上了嘴。松村这样在屋子里来来回回地走了大约三十分钟。我默默地怀着某种兴致望着他踱步。他那个样子，若是有第三者在场的话，一定会觉得他疯了。

渐渐地，我觉得肚子饿了。刚好是晚饭时间，刚泡过澡的我更加觉得肚子饿。于是我向还跟精神病似的转来转去的松村建议说：“想不想去饭馆？”可他回答说：“对不起，你一个人去吧！”无奈，我只好一个人去了。

等我吃饱了回来，大吃一惊，松村居然叫来按摩师按摩呢！一个以前我们就熟识的盲哑学校的学生，正一边给松村揉肩，一边和他聊得热火朝天。

“喂，不要以为我奢侈。这是有原因的。你先什么也别问，在旁边看一会儿，回头就明白了。”

松村先发制人，像是防备我指责似的说道。昨天好容易才说服了当铺的老板，强抢一般到手的二十多元公共财产的寿命，被他六十钱的按摩费给缩短了，这不是奢侈，是什么呢？

我对松村这一连串非同寻常的态度，产生了说不清道不明的兴趣。于是我坐在自己的桌子前，读起了从旧书店买回来的讲谈书[1]，虽然摆出一副专注地读书的样子，其实一直在偷看松村的一举一动。

按摩师一走，松村立即坐到他的桌子前，好像在读一张纸片上的什么东西，然后，他从怀里又掏出一张纸片，放到了桌子上。那是一张极薄的两寸见方的纸片，上面写满了小字。他好像在仔细地比较研究着这两张纸片，并用铅笔在报纸的空白处写了什么，又擦掉，擦了又写。就在这期间，天黑了，街上卖豆腐的吹着喇叭走过去，行人来来往往，就像去赶庙会一样。直到行人少了，便传来了荞面铺凄凉的唢呐声，不知不觉间，夜已经深了。然而，松村仍旧废寝忘食地埋头于这奇怪的工作。我默默地铺好自己的床，倒在床上，百无聊赖地只好重读一遍讲谈书。

“喂，你有东京地图吗？”突然，松村回头问我。

“我可没有那种东西。问一下楼下的老板娘怎么样？”

“嗯，好的。”

他立即站起身来，踩着咯吱作响的梯子走下去了。不大一会儿，他借来了一张折叠印处即将断掉的东京地图，一屁股坐在桌前，又继续研究起来了。我怀着越来越强烈的好奇心，望着他那古怪样子。

楼下的钟敲了九下，九点了。松村长时间的研究似乎告一段落了，

---

① 一种类似中国的评书内容的传奇类书。

他从桌前站起来，坐到了我的枕边，有点难以开口似的说道：

“喂，你能不能拿出十元来？”

对于松村不可思议的举动，我怀着深深的兴趣，因此毫无异议地立即给了他十元巨款——对于当时的我们来说，那是全部财产的一半。

松村从我手里接过十元纸币，立即穿上一件旧夹衣，戴上鸭舌帽，什么话都没有交代，就出了门。

被扔在房间里的我，对松村下面的行动进行了种种猜想。就在我独自胡思乱想，偷着乐的时候，不知什么时候进入了梦乡。尽管半梦半醒之间知道松村回来了，但后来就什么都不知道了，一直酣睡到早晨。

我一直睡到差不多十点吧，睁眼一看，被枕边站着的一个奇怪的人吓了一大跳。因为那是个商人模样的人，穿一件条纹和服，束着带子，还系了一条藏青色围裙，背着小小的包袱，站在我跟前。

“瞧你这样，什么表情啊。是我呀。”

让我吃惊的是，这男子发出松村的声音说道。我仔细一看，他确实是松村，但由于穿着完全变了，所以我好半天没有反应过来。

“你这是干什么啊？怎么背着个包袱，还打扮成这样。我还以为是哪个铺子的掌柜呢！”

“嘘！嘘！声音太大了。”松村伸出双手，像要捂住什么似的，用耳语般的小声说道，“我带回了特别好的礼物哦！”

“你一大早的去哪儿了？”

我被他的怪异表现牵引着，也不禁压低声音问道。于是，松村满脸洋溢着怎么也抑制不住的笑意，把嘴凑近我的耳边，用比刚才更低的似有似无的声音说道：“你知道吗，这个包袱里面，装着五万元钞票呢！”

下

读者大概已经想到了，原来松村不知从什么地方，把上面提到的那个绅士盗贼隐藏的五万元拿回来了。那可是送到那家工厂去的话，能得到五千元赏金的五万元啊。但是松村说他不打算那样做。他是这样解释的：

把这笔钱老老实实送去，不单单是愚蠢，而且非常危险。因为这是一笔警方足足花了一个月时间到处寻找都没有被找到的钱。即便我们现在拿了，谁会怀疑呢？对我们来说，五万元不是比五千元更合算吗？比这个更可怕的，倒是那个绅士盗贼的报复。实在太可怕了！一旦知道自己甚至不惜被延长刑期而藏匿的这笔钱被人拿走了的话，那家伙，那个在做坏事方面可以说是天才的家伙，是不会放过我们的——松村的口吻似乎十分敬畏盗贼——就连这样不报案都非常危险，若是把它送到失主那里，领取赏金的话，松村的名字立即会登在报上。这不等于把仇人住在什么地方直接告诉那家伙吗？

“至少是现在，我战胜了那家伙。对，就是说战胜了那个天才盗贼啊。此时，有五万元当然值得高兴，不过比起这五万元来，我更为这一胜利而高兴万分。你必须承认我很聪明，至少比你老弟要聪明。引导我发现这笔巨款的，是昨天你放在我桌子上的买烟找的两钱铜币。就是说，对于那两钱铜币上的细微之处你没有注意到，而我注意到了。并且我就是从这区区一枚两钱铜币上找到了五万元这笔巨款啊。你知道吗，这可是两钱的二百五十万倍的钞票啊，是我找到的呀。至少说明我的脑袋比你的脑袋要聪明一些吧？”

两个多少有点知识的青年生活在一间屋子里的话，比谁脑子聪明是极其理所当然的事。松村和我，那时候闲得无聊，经常为此争论不休。常常是争得面红耳赤时，不知不觉天就亮了。而且松村和我都互不相让，坚持说自己的脑袋更聪明。所以，松村想以这个功劳——这确实是个大功劳——证明我和他的脑袋谁优谁劣。

“知道了，知道了。你先别自夸了，还是说说你是怎么把这笔钱弄到手的吧。”

“你先别急。我倒是更关心这五万元钱怎么花。不过，为了满足你的好奇心，我先简单说说我是怎么琢磨出来的吧。”

其实，这绝不只是为了满足我的好奇心，应该说是为了满足他自己的虚荣心才对。这个就不说了，反正他接下来得意扬扬地说起了所谓的苦心之谈。我照样躺在被窝中，望着他那上下移动的下巴，听着他讲述。

“昨天你去洗澡以后，我玩着那枚两钱铜币，玩着玩着，突然发现铜币边缘上有一条缝隙。觉得有点儿奇怪，便仔细察看了一下，令人吃惊的是，那枚铜币竟然裂成了两半。你瞧，就是这个。”

他从桌子的抽屉里取出那枚两钱铜币，像是打开膏类药的容器似的，拧着螺丝，把它打开。

“你看见了吧，中间是空心的。这实际上是一种用铜币做的容器，做得多么精致呀！乍一看，跟普通的两钱铜币没有丝毫不同。看了它，我想到了一件事。我曾经听说过有一种越狱的犯人使用的锯子。那是在怀表的发条上刻上齿轮的小人国用的锯条样的东西，放入磨薄的两枚两钱铜币做成的容器中的，只要有了它，无论多么森严的牢房铁窗都能轻而易举地锯断后越狱。听说那玩意是从外国的窃贼那里传来的。于是我就猜想：这两钱铜币，大概也是通过这种窃贼不知怎么流通到市面来的。但是奇怪的还不光是这个。因为比两钱铜币更引起我好奇心的是里面还发现了一张纸片。就是这个。”

就是那张昨晚松村研究了一晚上的极薄的纸片。这张两寸见方的日本纸上，写着右面那些细密的小字：

陀、無弥仏、南無弥仏、阿陀仏、
南無阿陀、阿弥陀、無陀、
南無陀仏、阿弥陀、無陀、陀、
南無陀仏、南無仏、陀、無阿弥陀、
無陀、南仏、南陀、無弥、
無阿弥陀仏、南無阿陀、阿弥、
無阿弥、南陀仏、南阿弥陀、阿陀、
南弥、南無弥仏、無阿弥陀、
南無弥陀、南弥、南無弥仏、
無阿弥陀、南無陀、南無阿、阿陀仏、
無阿弥、南阿、南阿仏、陀、南阿陀、
南無、無弥仏、南弥仏、阿弥、
南無陀仏、阿弥陀、無陀、
南無阿弥陀、阿陀仏、

“这个像和尚说梦话似的东西，你知道是什么吗？我起初以为是胡乱写的呢。大概是悔过自新的盗贼什么的，为了消除罪孽而写了好多‘南无阿弥陀佛’。也许是为了代替越狱的工具，而放在铜币里的吧。可是，即便如此，也没有必要写那么多‘南无阿弥陀佛’呀。‘阿弥陀’也好，‘佛’也好，虽说都是‘南无阿弥陀佛’这六个字范围里的，却没有一个写完整的。既有一个字的，也有四五个字的。我觉得这并非一般写着玩儿的。正好听到你洗澡回来的脚步声，我赶紧把二钱铜币和纸条收起来了。我也不知道为什么这么做，大概是为了独占秘密吧。等到一切都弄清楚了之后，再给你看，来炫耀一番。可是，你走上楼梯的时候，我的脑子里突然闪过一个绝妙的想法。

“那就是，那个绅士窃贼。他把五万元到底藏在哪儿了呢？即便是那家伙，也不会在刑满出狱之前，把那些钱就放在那儿不管吧。因此，那家伙一定有手下或狗腿子那样的人替他保管那些钱。现在假设，那家伙由于突然被捕，来不及把五万元的藏匿场所通知同伙的话，会怎么样呢？作为他来说，只能趁着在拘留所期间把这个情况通过什么渠道通知同伙。这个纸条或许就是那封信……这个想法在我的头脑里划过。当然是一种想象，却是很甜美的幻想。于是，我就问了你关于那两钱铜币的出处。结果你说，烟铺的女儿嫁给了给监狱送货的人。拘留期间的盗贼要是想和外界通信息的话，通过那个送货人是最容易的。而且，如果他的这个企图由于什么缘故搞错了，便留在了送货人手里。这两钱铜币通过他的老婆被带到了亲戚家，不是很可能的吗？反正我一心在琢磨这件事。

“那么，这张纸条上的无意义的文字倘若是暗号的话，如何才能解开它呢？我在这房间里来回踱步思考着。非常有难度。全部加起来也只有‘南无阿弥陀佛’六个字和一个标点符号。用这七个密码来组成什么句子呢？我对于密码以前研究过。我虽然不是福尔摩斯，却知道一百六十种左右的密码呢。我一个个回想着我所知道的密码，寻找与这张纸条相似的密码。花了很多时间。那时候你好像还叫我一起去外面吃饭吧。我说你自己去吧，继续拼命地思考。终于发现了两种与之相似的密码。一个是培根[①]发明的two letters（两个字母）密码，那是一种使用 a和b两个字母，拼出各种组合，来表达任何意思。比如，要表示 fly这个词的话，就拼成 aabab，aabba，ababa。另外一个是查尔斯一世王朝时代[②]，是在政治上的秘密文件中广为使用的密码，使用一组数字代替罗马字拼写的方法。比如……”

松村把纸片在桌子一角展开，写了下面的字：

---

① 弗朗西斯·培根，英国人，他是第一个意识到科学技术能够改变世界面貌的哲学家。而且积极地投入科学技术的探索中。他对密码学的兴趣很浓，设计出的密码也丰富了密码学的内容。培根的密码是一种本质上用二进制数设计的。不过，他没有用通常的0和1来表示，而是采用a和b。表示二十六个英文字母的二进制法。

② 查尔斯（1600—1649，在位：1625—1649），英格兰、苏格兰、爱尔兰国王。

A　B　C　D……

1111 1112 1121 1211……

“就是说，这是一种用1111代替A字，用1112代替B字的表现方法。我推测这密码大概也和这些例子一样，是把‘南无阿弥陀佛’进行各种组合，来替换‘伊吕波’[①]四十八个字母的方法吧。那么，要想解开此密码的话，此密码若是英语或是法语，正如爱伦·坡的《金甲虫》[②]中所写的那样，只要找出‘e’，就能轻而易举地解开了，但麻烦的是，这密码肯定是日本语。为了保险起见，我尝试了一下爱伦·坡式的解密方法，可是根本解不出来。我在这里被卡住了。六个字的组合、六个字的组合，我一心想着这个，又在屋子里来回走动起来。我是在想：六个字这一点，是不是有什么暗示呢？于是我开始想一些由六这个数字组成的密码。

“就在我胡乱地排列着带有六这个数字的时候，突然想起了看讲谈书时记住的真田幸村[③]的标志‘六连钱纹’。这东西按说和密码毫

---

① 伊吕波，来自日本平安时代（794—1179）的《伊吕波歌》。“伊吕波”是该诗歌开头三个音“**いろは**”的音译。此和歌将日语五十个假名不重复地全部编入歌中。

② 《金甲虫》（*The Gold-Bug*）是美国作家埃德加·爱伦·坡的一篇小说，写于1843年。《金甲虫》不是一部普通的推理小说，而是极能体现智慧的一部小说。威廉用他极具想象力的头脑、渊博的知识、丰富的经验和丝丝入扣的解码分析，将“我”心头的疑云一一拨开，同时也给了读者一个满意的答案。

③ 真田幸村（1567—1615），本名真田信繁，是日本战国末期名将，战国乱世最后的英雄。六连钱纹是真田家纹，两排三枚一文钱并列，合计六枚。代表了解救六道（地狱、饿鬼、畜生、阿修罗、人间、天上）众生的三途河上渡船的船费。

无关系，但不知为什么，我嘴里一直嘟囔着‘六连钱’‘六连钱’。于是，就像来了灵感似的，有个东西突然从我的记忆中蹦了出来。那就是将‘六连钱’原样缩小了那样的盲人使用的点字。我情不自禁地喊了一声‘妙’，可不是吗，这可是关系到五万元的大事啊！关于点字，我虽懂得不多，但我记得是六个点的组合。于是赶紧叫来了按摩师，请他传授给我。这就是按摩师教我的点字的初步知识。”

说着，松村从桌子抽屉里取出了一张纸片，上面写满了点字的五十音、浊音符、半浊音符、拗音符、长音符[①]、数字等。

“现在，将‘南无阿弥陀佛’六个字，从左往右，按三个字两竖行排列的话，就成了与这点字一样的排列，‘南无阿弥陀佛’的每个字与这点字的点相对应。这样的话，点字的‘ア’就相当于‘南’，‘イ’就相当于‘南无’，以此规律类推下去就行。这是我昨晚破解这密码的结果。这个表格的第一行，是将原文的‘南无阿弥陀佛’变成与点字相同排列起来；中间一行是与之相吻合的点字；最下一行是将其翻译出来的假名。”

说着，松村又取出了一张纸片。

① 日语读音。

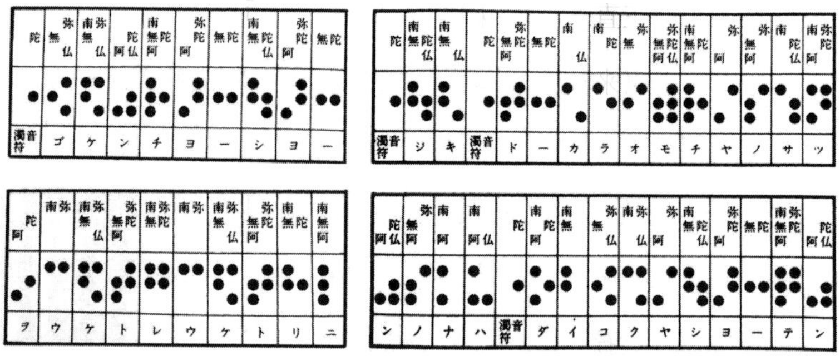

“‘ゴケンチヨーシヨージキドーカラオモチヤノサツヲウケトレウケトリニンノナハダイコクヤシヨーテン。’将这些假名转换成汉字，即是‘五轩町の正直堂からおもちゃの纸币を受け取れ、受取人の名は大黑屋商店。（译者注：这句日文的意思是：从五轩町的正直堂取回玩具纸币，领取人的名字是大黑屋商店。）’这意思就很清楚了。不过，为什么要取回玩具纸币呢？于是我陷入了思考，但这个谜比较轻松地解开了。我对那个绅士盗贼聪明、机敏，而且具有小说家般的幽默感，不得不肃然起敬。你不觉得这‘玩具纸币’妙不可言吗！

“我是这样猜想的，而且幸运至极，被我一一猜中了。绅士盗贼肯定是为了以防万一，事前就已经找好了藏匿赃款的最安全之所。要说这世上，想要采用最安全的隐藏方法往往事与愿违。反而是暴露在光天化日之下，而且谁都意识不到的那种隐藏方法最安全。那家伙着实不简单，居然想到了这一点。于是他想出了玩具纸币这一巧妙的诡计。我猜想这个正直堂，大概就是印刷玩具纸币什么的店——这个也被我猜中了——原来那家伙以大黑屋商店的名义，事先订购了玩具纸币。

“近来，听说一种跟真纸币分毫不差的玩具纸币在花街柳巷十分流行。是从谁那儿听来的？啊，对了，是你曾经对我说过。你说那是一种风流玩家逗女孩子开心的玩具，就和什么‘吓人盒子’啦、用泥做的可以乱真的假点心或水果、玩具蛇等东西一样。所以那家伙即使订购了和真纸钞一样大的假纸币，也丝毫不会引起别人的怀疑。做好以后，那家伙大概是顺利地偷出真纸币，立刻潜入那家印刷店，与自己订购的玩具纸币偷偷更换过来。这样，在订购人去取货之前，五万元这一大笔天下通用的纸币，就作为玩具安全地存放在印刷店的仓库里了。

“这也许只是我的猜想，但这是极有可能性的猜想。我决定不管怎样先去打听打听。在地图上找到了叫‘五轩町’的这条街，知道它在神田区内。于是，我准备去取玩具纸币了，然而这个事可有点难度。因为绝对不能留下我去取钱的痕迹。如果被对方知道了，那凶恶的坏人会怎样报复，光是想想，胆小怕事的我都浑身哆嗦。所以，要尽可能不让对方知道是我。因此，我今天化了装。我用跟你要的那十元钱，从头到脚换了一身打扮。你看看我这身，这个主意不错吧。”

说着，松村露出整齐的门牙笑了。我刚才就注意到一颗金牙闪闪发光。他得意地用手指将它取下，伸到我眼前，说道："这是夜店里出售的金牙，其实就是白铁皮镀了一层金的玩意。不过是套在牙齿上。仅仅二十钱的一小块白铁皮，居然有这么大的用。金牙这东西很惹人注意的。所以，以后如果有什么人想找我，恐怕首先会把这金牙作为寻找的线索吧。

"做好了这些准备后，我今天早上就去了五轩町。唯一担心的，是这笔玩具纸币的货款。我想，盗贼那家伙，一定害怕被转卖出去，所以事前会支付定金，但是如果没有预付的话，至少需要二三十元。不凑巧，我们没有这么多的钱。怕什么！设法糊弄一下好了。我不以为然地就出了门。幸运的是，印刷店对于钱的事一个字都没提，就把东西交给了我。就是这样，我神不知鬼不觉地把那五万元钱据为己有了。好了，下面该想想这笔钱怎么花了。你有什么想法吗？"

松村从来没有这样兴奋，这样能说过。我为五万元这笔钱的巨大力量而惊叹。松村在炫耀自己这一番苦心的过程中，脸上露出的表情简直太让我开眼了！为了省去描述的麻烦，我一直克制着没有提及，他似乎拼命控制自己，不让我看到他高兴过度的样子，但是无论怎么努力，也无法掩饰那从内心涌上来的喜不自禁的表情。看着他在讲述的过程中，不时如疯子般龇牙一笑的面孔，我不知怎么感到害怕起来。听说以前有过穷人因为中了彩票而发疯，那么，松村为这五万元而发狂也绝不是不可能的。

我希望这一喜悦可以永远继续下去。我为了松村这样祈祷。但是，有一个事实是我也无能为力的。我突然大笑起来。尽管自己想要控制却怎么也控制不了。不要笑！虽然这样训斥自己，但我心中那喜好闹着玩的恶魔却没有因我训斥而泄气，仍然逗我发笑。我发出更大的声音，像是在看一出非常可笑的笑剧似的大笑着。松村目瞪口呆地看着我捧腹大笑，然后露着一副仿佛见了鬼似的神情，问道："你这是怎么啦？"

我好不容易忍住笑，回答他："你的想象力实在太棒了！干了一件了不起的大事。我一定会比以往加倍地尊敬你的聪明才智的。不错，正如你所说的，在聪明这点上我不如你。可是，你莫非真的相信现实这东西是那样浪漫的吧？"

松村没有回答，只是以异样的表情呆望着我。

"换句话说，你认为那绅士盗贼真的具有那样的才智吗？我承认，你的想象作为小说实在是无可挑剔的，但是生活远比小说现实！如果只是谈论小说的话，我想提醒你注意一个问题。那就是：这密码是否还有其他解法呢？是否有可能把你翻译的句子再翻译出另一层意思呢？比如说吧，能不能间隔八个假名，读一下这句话呢？"

我说着，在松村写的密码译文下面打出了几个圈：

ゴケンチヨーシヨージキドーカラオモチヤノサツヲウケトレウ
○　　　　　　○　　　　　　　○　　　○

ケトリニンノナハダ
　　　　　　○

イコクヤシヨーテン
　　　　　○

“ゴジヤウダン。你知道这‘御冗谈’[1]是什么意思吗？你觉得这是偶然的吗？难道不是说明有人在搞恶作剧吗？”

松村一言不发地站起身来，把他坚信装有五万元钞票的那个包袱拿到我的眼前。

“可是，这个事实你怎么解释呢？五万元这笔钱，从小说中是不可能产生的！”

他的声音里充满了决斗时的那种毅然决然。我害怕起来，不由得对我这小小的恶作剧带来的预想不到的后果感到后悔不迭。

“我做了一件非常对不起你的事。请你原谅我！你那样宝贝地拿回来的，其实还是玩具纸币。你还是先打开仔细看一下吧。”

松村就像在黑暗中摸索东西一般，用异样的动作——我看着越发过意不去了——花了很长时间才解开了包袱皮。里面有两个用报纸包得很漂亮的四方形纸包，其中一个纸包的报纸破了，露出了里

---

① “御冗谈”是“**ゴジヤウダン**”的汉字，意思是“开玩笑”。

面的东西。

“我半路上打开了这个，亲眼看过了。”

松村用像喉咙里卡住了什么东西般的声音说着，并将报纸全打开了。

那是做得非常逼真的假钞。乍一看，所有地方都是真的，但仔细一看，在那些纸币的正面，印着很大的“团”[①]字，用以替代“圆”字。就是说，不是十圆、二十圆，而是十团、二十团。松村不相信似的反复地看着。看着看着，他的脸上，笑容完全消失了，剩下的只是深深的、深深的沉默。我心里充满了抱歉。我对自己过头的恶作剧进行了解释，但是松村根本不听，那一整天他就像哑巴一样一直沉默着。

我的故事，到此就讲完了，不过为了满足各位读者的好奇心，我还必须对我的恶作剧说明一下。正直堂这印刷店其实是我的远亲开的。一天，由于窘困潦倒至极，我冷不丁地想起了我那个亲戚，以往我多次欠过他人情。于是，虽然不愿意，我还是去拜访了这个久违的亲戚，打算着或许能筹借到一点钱——当然，这件事，我没有告诉松村——借钱的事虽如预料的那样无功而返，但当时我看到了正在印刷的和真纸币一模一样的玩具纸币，听亲戚说，那是叫作“大黑屋”的老主顾订的货。

① 日语中“团”字的繁体字是“團”，与“圆”字很接近。

我把这一发现和我们俩那时候每天谈论的那个绅士盗贼的事件联系起来，就想出了这个无聊的玩笑，想跟朋友闹个笑话玩玩。这么做一方面也是因为我和松村一样，平素一直希望抓住某个机会，显示一下自己在聪明方面的优势。

那笨拙的密码当然是我弄出来的。但是我并不像松村那样精通外国的密码史，不过是偶然的灵感罢了。烟店的女儿嫁给了给监狱送货的人也是我胡编的。连那烟店的主人有没有女儿都值得怀疑。在这出戏里，我最担忧的，不是这些戏剧冲突方面，而是最现实的、从整体来看又是极其琐细的滑稽味这一点。就是说我所看到的那些纸币，在松村去取之前是否还在印刷店里，没有被取走？

关于玩具纸币的货款，我丝毫不担心。因为我的亲戚和大黑屋之间是期货交易，而且最为方便的是，正直堂使用的是一种极为原始的、不严谨的经营方式，因此，即使松村没有带去大黑屋老板的取货条，也不会空手而归。

最后，就是关于这出恶作剧的源头的那枚两钱铜币了，很遗憾，我在这里不能如实说明了。因为如果我贸然写下什么不该说的话，说不定日后会给送我那个东西的某人带来很大的麻烦。读者只需认为我是偶然持有那两钱铜币的就可以了。

·变脸艺人·

一

这还是我在学生时代遇到的事情，由于太久远了，年代也记不清了，大概是日俄战争刚结束之后吧。

那时我刚从中学毕业，虽然想继续读高中，无奈当时在我家乡那儿没有高中，加上我们家也没有富裕到让我到东京去读书的程度，所以也只能从长计议了。我决意先当小学教员挣些钱，攒够了钱之后，再上东京去苦读。其实我这种情况在当时不算什么稀奇的，因为那是一个物价比薪水要低得多的时代。

事情是我当小学老师时发生的（也不是什么了不起的大事件）。我记得很清楚，那是早春时节一个令人心情压抑而阴沉的星期天。我去拜访中学时代的学长，他在町（虽说是町，其实是市）的报社编辑部工作，名叫R。当时，每个星期天去拜访他是我的一大乐趣。这么说是因为他见多识广，而且对于各种稀奇古怪的事物都很有研究。

他对什么事情都是这样，比如说文学吧，他也对那些古怪的书感兴趣，日本作家的话，像平田笃胤[①]、上田秋成[②]什么的，外国作家像伊曼纽·史威登堡[③]或威廉·布莱克[④]，以及我喜欢的兰波等，先生都很喜欢。即使是发生在市井的事情，也可能是和他新闻记者的职业有关吧，对于那些鲜为人知的怪异事情，他都会非常详细地进行研究，常常令我无比惊异。

介绍他是怎样的人并不是我讲这个故事的目的，所以不打算多说了。只要说一下他最喜欢上田秋成的《雨月物语》[⑤]中哪个故事的话，就明白他是个什么样的人了。因而也能理解我为什么会受他感染了。

《雨月物语》里的所有故事他都很喜欢，他说书中那种梦幻般的散文诗，还有其中蕴含的某种怪异味简直令人难以抗拒。特别是其中

---

① 平田笃胤（1776—1842），日本思想家、理论家，复古神道领袖。他强调天皇的神性，这种思想对19世纪下半叶的尊王倒幕派产生了巨大的影响。

② 上田秋成（1734—1809），日本江户时代后期著名的作家、学者。代表作有《春雨物语》（1808）。

③ 伊曼纽·史威登堡（1688—1772），又译作斯威登堡，瑞典科学家、神秘主义者、哲学家和神学家。

④ 威廉·布莱克（1757—1827），英国第一位重要的浪漫主义诗人、版画家。

⑤《雨月物语》，日本志怪小说，共五卷九篇。作者上田秋成。此书熔日本民间传说和中国神怪故事于一炉，因其极高的艺术水准，被誉为日本近代以前怪异小说的巅峰之作，是“读本小说”的代表作品。

的《蛇性之淫》[1]和《青头巾》[2]，他常常读给我听。

《青头巾》讲述的是在下野国一个乡间，有个和尚非常宠爱一个十二三岁的孩子，由于那个孩子得病死了，他“悲伤至极，不忍将其火化下葬，每日面对面、手牵手度日，终至心神疯癫，与其嬉戏说笑，一如生前，且惜其肉腐，食肉啃骨，尽啖之”。这一段直至今日，还烙印在我记忆中。用时下流行的话说，就是变态性欲。R对于这类东西有着病态的喜好。现在回想起来，先生说不定就是个变态性欲者。

话题有点扯远了，我去拜访R的时候正是刚才说的那个星期天的中午，先生和往常一样坐在桌前翻看着什么书籍。看到我来了，他很高兴地说：“啊，你来得正是时候，今天要给你看样东西，太有意思了。”

他突然这么一说，我以为他又发现了那类变态珍本呢，就回答道：“那我一定得拜读一下。”

让我惊讶的是，先生竟然站了起来，立刻穿上衣服，一边准备外出，一边对我说：“你陪我到××观音那里去一趟，在那儿呢，想让

---

① 《蛇性之淫》改编自中国明代白话短篇小说《白娘子永镇雷峰塔》。上田秋成通过背景、道具、情节的更改，赋予其本土化的文学内涵，显示出浓郁的日本风味。

② 《青头巾》描写寺庙住持因执迷情欲而食人，快庵禅师通过令“坐”、授“歌”、导“悟”，欲使其重返人性。故事反映了佛法与情欲的冲突，与作者上田秋成的“弃有归无”佛教思想达到了某种契合。

你看的东西在那儿呢。”

我就问他××观音那里到底有什么稀罕东西呢？可是先生什么也没有告诉我。这是他的一个习惯，意思似乎是说，去了你就知道了。没办法，我只好默默地跟在R后面出门了。

像刚才说的那样，那天的天空阴沉沉的，眼看就要电闪雷鸣似的。那时候还没有电车，三里地的路，我们走得浑身都是汗。大街上竟然也和天气一样，一片寂静。R不时回头跟我说话的声音，听起来就像是从几丈开外传来的一样。遇到这样的天气，总是让人感觉会发疯似的。

××观音，就相当于东京的浅草那种地方，寺院里有各种杂耍场，也有戏台子。因为是在乡下，也就更加颓废而怪诞。现在是不会这样了，但当时我工作的学校，是禁止教师看戏的。对于我这个爱看戏的人来说很是苦恼。可是因为害怕被解雇，我尽量遵守禁令，很少到××观音这种地方去。因此在那里都演些什么戏、有什么样的杂耍，我自然是一点都不知道（当时报纸上基本没有什么戏剧广告的）。所以，当R指着一个戏台子的广告牌，告诉我就是这个的时候，我感到格外惊奇。那个广告牌当然也十分古怪。

刚回国的变脸艺人××出演

侦探奇闻《怪美人》五幕剧

在泪香小史[1]的翻案小说里面有一篇《怪美人》，可是看故事介绍，并不是那个情节，内容更加荒诞无稽、怪异至极。当然也不是没有让人想起泪香小史的地方。现在，出租书屋里好像还能看到那种泪香改编之前的便宜的菊版本[2]。不知你看过那里面的插图没有？现在再次看到，我感觉有种说不出的意味。这个××出演的戏剧，简直就像那插图变成活生生的场景了似的！

那个戏园子里很脏。如同黑色地窖一般的墙皮处处剥落，一条没有遮盖的臭水沟散发着异臭从剧场前流过。几个拖着鼻涕的肮脏小孩子，站在水沟边仰头看着广告牌。反正就是这样的光景。不过那块广告牌倒是新的。那广告牌本身也挺稀罕的。当时一般的戏剧广告牌的画面，大多是模仿西洋风格吧。这个广告牌上的弯曲着腿的红毛碧眼的绅士，以及穿着浑身是褶的衣服、臀部大得出奇的西洋美女，摆着各种日本式的造型。这样的广告牌要是保留到现在的话，绝对是珍贵的历史美术品了。

我们在像浴室入口的收费台样的没有顶棚的售票处，买了大木牌子入场券后便走了进去（我到底还是违反了禁令）。里面也脏得不比

---

① 即黑岩泪香（1862—1920），本名黑岩周六，笔名香骨居士、泪香小史。泪香这个笔名多用于发表侦探小说。1888年，他于《今日新闻》翻译了外国作品《法庭美人》，于翌年在“小说馆”发表了原创小说《无惨》（直译为悲惨），将更多的推理小说引进日本。也因此，使得江户川乱步、横沟正史等推理巨匠，得以在童年时代潜移默化，引动未来澎湃的创作灵感源头。

② 过去的一种书籍版本，比A5（148mm×210mm）稍大一点。

外面逊色，只是在土地上铺了一层脏兮兮的草席子，连隔断也没有，席子上面还撒落着很多纸屑、橘子皮和花生壳等，走在上面不小心的话，脚底就会粘上一些黏糊糊的东西，简直不堪忍受。然而在当时，这种情况也许是很普遍的。别小看这个戏园子，在镇上能排在第二、第三位呢。

进去一看，演出已经开始了。正如广告牌宣传的那样，在充满了异国情调的舞台上，登场的人物也都是西洋人的打扮。“这可真好看！怪不得R说要给我看个好东西呢。”我这么想着。我为什么这么说呢？因为这种表演特别符合当时我们俩的口味……我以为他只是让我看这些的，后来才知道，R的真意比这要深得多。与其说是让我看戏，不如说是为了让我观看后面将会出现的一个人物，也就是广告牌上说的那个变脸艺人。

我觉得戏剧本身也很有意思，只是记不太清了，而且和这个故事并没有太大的关系，所以不细说了，简单地说，是一出以神出鬼没的怪美人为主人公的、情节引人入胜的侦探剧。虽说最近已经不流行了，但侦探剧还是不错的。怪美人就是由首席演员变脸艺人扮演的。怪美人为了摆脱警察以及其他追踪者，进行了让人眼花缭乱的变装。男人、女人、老人、年轻人、贵族、贱民等，他能化装成各种人的模样。变脸艺人就是由此得名的吧。他那些易容手段实在高超，与其说是舞台上的警官被骗过，不如说是台下的观众完全被骗了，其易容术简直可以说是出神入化。

我本打算坐在后面的，可是不知为什么R要了紧挨着舞台的席位，所以我们和舞台上的演员离得很近，最近的时候，只有两三米的距离。因此每个细节都看得很清楚。然而即便离得那么近，我们依然不能看穿易容后的变脸艺人，因为他变成女人时就是女人，变成老人时就是老人，毫无二致。比如说脸上的皱纹吧，一般艺人都是用画笔画的，所以从侧面一看，化了妆的皮肤就露馅了。由于在柔嫩的脸颊上抹了很多黑色的东西，看上去很滑稽。可是这位变脸艺人不知是怎么弄的，就像是在他自己的皮肉上刻出了皱纹似的。不仅如此，每次易容后连脸形都变了。有时候是圆脸，有时候是长脸，实在不可思议。眼睛和嘴巴时大时小还好说，连鼻子和耳朵怎么也那样变来变去的呢？这莫非是我的错觉？还是有什么密招能够如此变化多端呢？直到现在我也没有解开这个谜。

因此之故，即使他上了舞台，人们也没看出来他就是变脸艺人。只是看了剧情介绍，才意识到，原来他变成那样了啊。我感觉太不可思议了，就悄悄地问R：“那些人真的是同一个人演的吗？所谓的变脸艺人会不会不是一个人，而是由很多替身一起构成的名称，实际上是他们不断轮换着上场表演呢？”

实际上我就是这么想的。

“不是你想的那样的，你仔细听听他的声音。声音是不可能像易容那样改变的，即便巧妙地改变了声音，但音调还是相同的。音调如此相似的人不可能有那么多啊。”

仔细听的话，确实像同一个人的声音。

“我要是一无所知地来看戏的话，肯定会像你这样想的。”R对我说，“不过，我是有备而来的。之所以这么说，是因为在这个剧上演之前，这个变脸艺人曾经来过我们报社，而且就在我们面前表演过这种易容变装。其他的同事对此没有什么兴趣，我却为之惊叹不已。没想到这世上竟会有这么不可思议的化装术！而且当时他发表的一番自我炫耀的言论也很值得一听。他先介绍了西洋易容术的历史，以及这种技术现在已经达到了相当完美的水准，然而对于我们日本人而言，由于皮肤和头发的不同，化装上很多地方不能照搬西洋的方法，因此他在这方面怎样下了很多功夫，最终如何巧妙地学会了等，侃侃而谈。看他的气势，就好像日本这么大，却没有一个比自己强的艺人似的，什么团十郎呀、菊五郎[1]之流，他根本不放在眼里。总而言之，他表示要以这个小镇为出发点，不多日将踏上东京的大舞台，把这项绝技展现给全天下的人（因为他是在这里出生的）。他的豪气虽然很可爱，但可悲的是，他严重地曲解了艺术家的含义，自以为巧妙的化装是好演员的第一条件，如此擅长化装的自己理所当然是天下第一的艺人。出身乡间的艺人很多是这样的。举一个近一点的例子来说吧，热田的神乐狮子就是这样的。虽说如此，但他还是有其存在的价值……”

---

① 二人均为日本著名歌舞伎演员。

听了R的详细解说后再看舞台，我觉得更有意思了。而且越看越为这个变脸艺人的绝技而感叹，像这样的人要是去做小偷的话，肯定能够永远瞒过警察的眼睛。

最后，戏剧按照一般的模式达到了高潮，以悲惨的结局落幕。我完全被舞台上的表演所吸引，忘记了时间，当最后一幕完全落下的时候，不由得深深地叹了一口气。

二

我们走出戏园子的时候已经十点了。天空仍然阴沉沉的，没有一丝风，只觉得四周莫名其妙地雾蒙蒙的。我们两个都默默地走着。R为什么沉默不语我不清楚，至少我是因为看了太让人不可思议的东西，脑子里一片空白，连说话的力气都没有了。可见我受到的感动有多深了。

“我从没有过这么愉快的星期天，太感谢你了！”走到回各自家去的岔路口时，我这么说着，和他告别。

他却意外地叫住我：“你能不能顺便到我家去再坐一会儿？我有点东西要给你看。”

可是已经十一点多了，我不明白这么晚，R还要拉我去他家，到底要给我看什么东西。我虽然十分不解，架不住R的口气异常严肃，而且当时我已经养成了什么都顺从R的习惯，所以就去了他家。

我跟着他走进他的房间里，在吊灯下面一看到他的脸，我吓了一跳。他的脸惨白，浑身打着哆嗦。很明显他此时异常兴奋，究竟因为什么呢？

“你怎么了，哪里不舒服吗？”

我担心地问，他没有回答，从抽屉里找出一沓很旧的剪报，拼命地翻着，终于找到一篇报道，一边用颤抖的手指给我看，一边说道：“你先看看这个报道。”

那是他工作的报社的报纸，一看日期，正好是一年前的。我一头雾水，犹如鬼魂附体一般，但还是先看了报道。

该报道以“偷人头窃贼再度现身”的大字标题，占据了第三版最上面的两大段篇幅。那篇报道是被剪下来保存的，内容如下：

近来，各处的寺院频频遭遇尸体被盗之灾，罪犯至今未被捕获，实在可悲可叹。今又发生一起令人发指的尸体被盗事件，其详情如下。上月某日午后十一时左右，位于×县×郡×村的××寺里的仆役僧×某（五十岁），奉住持之命到附近的施主家去办事。回寺途中，经过该寺境内的墓地时，看到从云间照射下来的月光下，有一贼人在挥锹挖掘新坟，吓得魂飞魄散，大喊：“有贼，有贼！”那贼人也大吃一惊，撒腿就跑，逃得无影无踪。根据举报，×警察×分署长××警官带了两名刑事马上赶到现场，查明被盗的是×月×日埋葬的×村×号宅邸的×××的新坟。盗贼破坏了死者的棺材，用锐利刀子切下了死者的脑袋，带往别处，只留下无头尸身埋在土里。另外，据说接到急报后，×法院的××检察官迅速赶到了现场，在×警署的楼上设立了搜查本部，想尽一切办法进行搜查，但直到现在一点线索都没有。

从该事件的作案手法来看，与之前流窜各地寺院挖坟盗窃的作案手法十分相似，应该是同一人所为。盗贼是因为相信脑髓烧成的黑炭可治百病这一古老迷信而作案呢，还是这世上真有残酷的恶魔呢？

最后写了个“附录”，列出了五六个遭此厄运的寺院和人头被盗的死者姓名。

那一天我的头脑变得极不正常。阴沉的天气是一方面，还因为看了那样一场奇怪的戏剧吧，变得神经兮兮的，看什么都觉得诡异。因此，当我看完这篇令人作呕的报道后，尽管不知道R为何要让我看这样的东西，但还是非常激动，觉得这个世界上充满了血腥。

“太可恶了！一个人盗走了那么多人的脑袋，大概是打算卖给做黑炭的药店什么的吧。”

我抬起头对R这么说道。在我读报纸的时候，R又从抽屉里拿出一个大书箱，在里面找着什么，

“也许是这样，不过，你看看这张照片。这位老人是我的远房亲戚，她也被盗走了头。在‘附录’里不是有个叫×××的吗？这就是那个×××老人的照片。”

R说着给我看了一张四寸的老照片。我一看，在照片背面果然写

着和报纸上一模一样的名字，字迹很难看。我明白了，原来R是因为这个才让我看这篇报道的。可是仔细想一想，这已经是一年前发生的事情了，他为什么现在还提起，而且是深夜特意叫我来家里告诉我呢？这一点我怎么也想不明白。而且，从刚才起R就一直是兴奋异常的样子，这也很奇怪。也许是看到我惶惑不解的表情，他说道："你好像还没注意到啊！你再看一遍那张照片吧。仔细地看……你看了之后难道没有发现什么吗？"

于是我照他说的，更仔细地看了看那张白发苍苍、满脸皱纹的农村老太婆的脸。结果，你猜怎么着，我差点儿喊出声来。那个老太太的脸和我刚才看到的变脸艺人易容后的一个面孔简直是分毫不差。那皱纹的纹路，鼻子和嘴巴的形状，越看越像，真是一模一样。在我一生中，体味到那样奇怪的心情，那是唯一的一次。各位想想看，死于一年前，被埋在墓地里，并且被切掉了头的老太太，变成和她长得一模一样的某个人（这样的人是不可能存在的）在××观音的剧场里演出。难道会有这么不可思议的事情吗？

"无论那个艺人的易容术多么高明，你觉得他能化装得和一个自己不认识的人完全一样吗？"R说完，意味深长地看着我。

"我在报纸上看到那篇报道的时候，以为自己的眼睛出了问题，并没有多想。可是随着时间的推移，我越来越不安起来。恰好我知道你今天要来，就想让你来比较一下两个人，来打消我的疑惑。不过，如此看来别提打消疑惑了，反而更证实了我的想象。除了那样想以外，没有其他解释这个不可思议的事实的方法了。”

然后，R压低了声音，神情格外紧张地说道：“我这样想象可能有点离奇，但也并非完全不可能的。首先假定以前那个偷死人脑袋的盗贼与现在的变脸艺人是同一个人（那个罪犯后来并没有被抓到，所以这是有可能的）。那么，最开始他的目的确实是为了尸体的脑髓，可是偷盗了很多脑袋以后，我们就不能断定他没有考虑除了利用脑髓之外，脑袋的其余部分的用途了。一般来说，犯罪的人都具有异常的虚荣心。而且我刚才也说过，他坚信高明的化装是艺人的首要条件，只要能做到这一点，肯定能博得日本第一的名声。在此基础上，我们再假设这个盗贼碰巧是个戏迷的话，这个推测就更加具有现实性了。你说，我的想法是不是太离奇了？我想，他是把偷来的人头做成了各种各样的‘人皮面具’……”

啊，“人皮面具”！盗贼这独创也太超乎想象了！不错，这不是完全没有可能的。如果巧妙地剥下人的面皮，做成面具，再经过化妆的话，肯定能做出很不错的“人皮面具”来的。那么，与那个变脸艺人之名相符合的各种易容面孔，难道都是在这个世上真实存在过的人吗？

由于此事太超乎想象了，我甚至怀疑起了自己的判断力。我怀疑当时R和我的推理之中，是否有什么地方存在着重大错误呢？难道这个世界上真有这样残忍的恶魔，居然若无其事地戴着人皮面具演戏吗？然而随着思考的深入，我渐渐地意识到除此之外没有其他能够想到的可能性。在一小时前，我是亲眼看到的这张面孔，而与那面孔分毫不差的人就在这张照片里。而且R一向是个以冷静著称的人，对于这么重大的事情，他是不可能做出错误判断的。

“如果这个推测正确的话（因为事实上也没有其他可能），我们就不能置之不理了。然而即使现在去报警，警察也不会相信我们的。必须掌握更多的证据。比如从变脸艺人的面具里找出‘人皮面具’之类的证据。幸好我是个记者，又和那个艺人有一面之缘。就让我来当一回侦探，揭开这个秘密吧……就这样。明天我就开始。如果顺利的话，既可以安慰亲戚老太的在天之灵，对于报社来说也是立了大功。”

最终，R决然地说出了这些话。我也对此表示赞成。那天晚上，我们两个人一直兴奋地谈论到了两点。

从那以后，我的脑子里就被这奇怪的“人皮面具”充满了。不管是在学校上课，还是在家里读书，我常常突然意识到又在想这件事了。R此时在干什么呢？他顺利地接近了那个艺人没有？一想到这些，我就一刻也坐不下去了。于是，好像是在看了那场戏的第三天，我又去拜访R了。

到他家一看，R正在灯下专心地读书，他看的还是平田笃胤的《鬼神论》《古今妖魅考》之类的书。

“啊，上次真是很抱歉啊！”

我和他打过招呼，他很平静地回答道。我已经等不及考虑说话的顺序了，立刻提出了我的问题：“那件事怎么样了？有一点线索了吗？”

“那件事？……”R一脸诧异地问道。

“就是那个‘人皮面具’的事啊，变脸艺人的事。”

我压低声音，很郑重地问道。令人惊讶的是，R的脸奇怪地抽搐起来，随后用一种拼命憋着就要爆发出来的笑声般的声音说道：“啊，你问‘人皮面具’吗？那确实是件有趣的事啊。”

我虽然觉得他的样子有些古怪，但还是不明白他的意思，呆呆地看着他的脸。也许我的表情在R看来特别好笑吧，他再也忍不住似的突然放声大笑起来。

“哈哈哈哈，那些都是我胡思乱想出来的啊。是我觉得很有趣的空想而已……的确，那个变脸艺人确实是个少有的艺人，但也不可能戴‘人皮面具’吧。还有盗贼的事，这是我负责的事件，所以知道得比较清楚。后来罪犯被抓住了，所以这两件事之间没有一点联系。我只是通过想象把两件事联系起来罢了。哈哈哈哈……啊，还有那个老太太的照片吧？我怎么可能有那样的亲戚啊，那是在报社拍的变脸艺人化装后的模样啊。不过是把照片贴在旧印相纸上，用来骗人的。把这事揭穿后就真相大白了，不过信以为真的时候却是很有趣的吧？这百无聊赖的人生也是如此，如果像这样通过自己的脑子创作出来的故事，娱乐自己的话，就能相当愉快地生活下去了呀。哈哈哈哈……”

这个故事就到此结束了。那个变脸艺人后来怎么样了，我没有听到有关他的任何消息。他恐怕一直到处流浪卖艺，在某个乡村里终老了吧。

· 猜疑 ·

一、翌日

“听说你父亲遇害了，真的吗？”

“嗯。”

“是真的啊。”

“可是，你看了今天早上××报纸上的报道了吗？那是不是真的呢？”

……

“喂，你可要多保重啊。我是因为担心才问你的，你好歹说点什么吧。”

“啊，谢谢……我也没什么特别要说的。那个新闻报道没有错。昨天早上一起床，就看见父亲倒在院子里，被打破了脑袋。就是这么回事。”

“所以你昨天没有来上学吧……那么凶手抓到了吗？”

“嗯，已经找到了两三个嫌疑人，但谁是真正的凶手还没搞清楚。”

“你父亲是不是做了什么招人恨的事了？报纸上说，很像是报复杀人。”

“说不定父亲真的得罪过什么人吧。”

“是不是因为买卖上的事……”

“他哪里有那么精明能干啊。我父亲那样的人，也就是喝醉了酒跟人打打架罢了。”

“喝醉酒？难道说你父亲一喝醉就耍酒疯吗？”

……

“喂，你是不是受刺激啦……哟，怎么哭起来了？”

……

“你只不过是运气不好……是运气不好罢了！”

“……我是气恼啊！他活着的时候，让母亲和我们兄妹吃尽了苦头。这还不够，竟然还死得那么丢人现眼……我一点也不觉得难过，只是气得不得了。”

“你今天真是有点不对头啊。”

“你不会明白的。不管怎样，我讨厌讲自己父亲的坏话。所以从来没有对你说过父亲什么。”

……

“从昨天起，我的心情就变得莫名其妙了。亲生父亲死了，可我却伤心不起来……即便是那样可恨的父亲，既然已经死了，按说也应该感到难过的。我曾经是这么想的，可是，我现在一点也不难过。如果他不是死得那么不体面的话，我甚至觉得他还是死了更好。”

“当父亲的被亲生儿子这么厌恶，也真是悲哀啊。”

“是的，如果说那么死掉是我那个不像样的父亲的命运的话，想想他也够可怜的。可是现在，我哪还有心情去思考这些啊。越想越觉得可气！”

“你这么恨他吗？”

“父亲似乎生来就是为了把爷爷留下的那点家产在酒色上折腾光的男人。最可怜的就是母亲了。她一直含辛茹苦地操持这个家，我们兄妹看在眼里，都恨透了父亲……我说这些很好笑吧，可我母亲确实是个坚强的女人。一想起她二十几年来一直忍受着父亲的暴虐，我就想流泪。我今天还能上学，一家人还能住在祖上传下来的屋子里，没有流落街头，全都靠母亲的忍辱负重。”

“你父亲真有那么过分吗？”

“当然，你们根本无法想象的。最近尤其严重，我们家整日都生活在可耻的父子争吵之中。他也不想想自己一把年纪了，经常喝得烂醉如泥的不知从什么地方突然回家来……他已经患上了酒精中毒症，从早到晚地喝酒，没有酒他一天也活不了……不仅如此，他不是责怪母亲没有出来迎接他，就是怪罪母亲给他脸色看等，对母亲动手就打。这半年来，母亲身上的新伤就没断过。哥哥见到后——哥哥是急脾气——就气愤地扑向老爸……”

“你父亲多大年纪了？”

“五十岁。你一定觉得这个岁数怎么还这样呢，说不定父亲就是个半疯儿呢。他从年轻时就喜欢女人和酗酒……有一次，我半夜回家，打开格子门时，看见隔扇上映着叉腿站着的哥哥挥动扫帚的身影。我吓得呆住了，只听到丁零当啷一阵响声，紧接着提灯盒砸穿拉门飞了出来。是父亲扔的。这般令人羞耻的父子，这世上再也找不到了……”

……

“你也知道，哥哥每天都去横滨上班，在一家公司做口译，其实哥哥很可怜呢，即使有来提亲的，也总是因为父亲的关系而告吹。可是，哥哥又没有勇气搬出去住，因为他实在不忍心抛下可怜的母亲。说起来，年近三十的哥哥与父亲厮打在一起，你或许会觉得滑稽，但要是站在哥哥的立场上看，也是可以理解的。”

“真是没想到啊！”

“前天晚上又是这样。父亲居然罕见地没有出门，但是一大早便开始喝酒，一整天都唠唠叨叨地说醉话。到夜里十点左右，母亲因为太劳累，温酒时稍稍慢了些，父亲立刻暴怒起来，最后竟然抄起茶碗朝母亲脸上砸去，正好打中了鼻梁，母亲一时间失去了知觉。哥哥见此情景，猛地扑向父亲，揪住他的前襟。妹妹吓得大哭，上前劝阻他们。你能想象到当时的情形吗？简直就是地狱啊，可怕的地狱啊！”

……

“要是这种局面再持续几年的话，我们无论如何也忍受不了。或许母亲早就被他折磨死了，也可能在此之前我们兄弟中有谁已经把父亲给杀了。因此，说实话，这次的事简直是救了我们一家。”

“你父亲是昨天早上被杀的吧？”

“发现的时候是五点钟左右。妹妹最早醒来的，突然发现檐廊上开着一扇窗户。因为看见父亲的床是空的，妹妹以为父亲起床到院子里去了。”

“那么，杀死你父亲的凶手是破窗而入的了？”

“不是的，父亲是在院子里被杀的呀。由于头天晚上，父亲把母亲打昏了，所以可能他也睡不着，半夜里起来到院子里乘凉吧。就连睡在隔壁房间里的母亲和妹妹都没有丝毫觉察。因为父亲经常半夜到院子里，坐在那里的一块石板上乘凉，估计是在他乘凉的时候被人从背后杀死的。”

“是被刺死的吗？”

“是被不太锋利的刀类器物砍在后脑勺上的。好像是用斧头或者凿子之类的凶器。这是警方做出的鉴定。”

“就是说凶器还没有找到吧？”

“妹妹叫醒母亲，两个人一起喊醒睡在二楼的哥哥和我。还没有看见父亲的尸体，我就从她们的尖叫声中意识到出什么事了。很早以前，我就一直有种奇怪的预感，所以我心想这回真的出事了。我和哥哥飞快地跑下楼，从一扇敞开的雨窗缝隙里看见了明亮的院子一角，就像看到一幅活人画一样，父亲姿势很不自然地蜷缩在那里。那时候我真是奇怪极了，竟然像在看戏似的看了半天，仿佛自己成了一个旁观者。”

“……那么，凶手作案时间大概在几点？”

“听说是在一点钟左右。”

“正是深夜的时候啊。嫌疑人是谁呢？”

“恨父亲的人很多，但是很难说恨得非要杀死他。如果一定要说谁比较可疑的话，我觉得说不定是现在被列为嫌疑人之一的一个人。他曾经在一家餐馆里，被父亲打成重伤，后来经常找上门来跟父亲讨要治疗费，但每次都被父亲骂走了。不但如此，父亲也不听母亲劝阻，竟然叫警察来把他带走。我家虽然穷困潦倒，毕竟是镇上的老住户，而对方又是个工人模样的粗鄙之人，这样一来自然就没有再干架了……但我总觉得是那个家伙干的。”

“可是，我还是有点奇怪啊。深夜里潜入一个大家庭，毕竟不是那么容易的事。只是因为曾经被打过，就想冒着这么大的风险，把对方杀死吗？而且，要是真想杀人，在外面机会不是更多吗？……说凶手是从外面潜入的，到底有没有确凿的证据呢？”

“大门没有上闩，而且通向院子里的栅栏门又没有装锁。”

“脚印呢？”

“怎么可能有脚印？这样的晴天，地面干得很。”

“……你们家应该没有雇什么用人吧？”

“没有啊……啊，你的意思是怀疑凶手不是从外面进来的……怎么可能啊，根本就不可能的，这也太可怕了。肯定是那个家伙干的，就是那个挨过父亲揍的人。那种卖苦力的家伙都是不要命的，根本不会考虑什么危险不危险的。”

“这可不好说啊。不过……”

“好了，这个事就别再说了。事情已经发生了，说什么也没有用。现在也没法补救了。到时间了，咱们该去教室了。”

二、第五天

“那么，你的意思是说，杀死你父亲的是你家里的人？”

“上次你的言外之意是说凶手并不是从外面进入的吧。那天我很不愿意听你这么说……因为我自己也有这样的感觉，所以感觉被触到了痛处……虽然当时我打断了你的话，可是我现在却为这个怀疑而苦恼万分……这种事情又不能跟别人讲。可能的话，我打算就让它烂在肚子里的。我现在真是太痛苦了。所以想只跟你一个人商量一下。”

“那么，你到底怀疑谁呢？”

“我怀疑哥哥。对我而言，他是我的亲哥哥，对父亲而言是亲生儿子，我怀疑是他杀死了父亲。”

“那几个嫌疑人还没有交代吧？”

“不但没交代，还一个接一个地提出了反证。所以听说连法院也感到很棘手，每次警察来调查，都是说一下这些情况就回去了。由此看来，说不定警方也开始怀疑凶手是我家里的人，根本就是为了摸摸情况才来的。”

“不过，你是不是有些神经过敏了？”

“如果只是神经过敏，我就不会这样苦恼了。因为我有根据……前几天我并不以为这件事与案子有什么关系，几乎把它给忘了，所以没有跟你说。事发当天的早上，我在父亲尸体旁捡到了一块揉成一团的麻布手绢。虽然已经弄脏了，但因为缝有标记的一面正好露出来，所以一眼就认出来了。这种手绢除了我和哥哥，其他人不可能有。父亲思想老旧，讨厌用手绢，习惯把手巾叠起来揣在怀里，而母亲和妹妹虽然也有手绢，却是女人用的那种小手绢，和我们的完全不一样的。所以掉了手绢的一定是我或者是哥哥。可是在父亲被害之前，我已经有四五天没有去院子里了，最近也不曾丢过手绢。因此，我只能认为丢在父亲尸体旁的手绢就是哥哥的。”

“但是，有没有可能是你父亲偶然身上有那样的手绢呢……”

“那不可能。父亲虽然在其他方面很懒散，但在随身用品方面却很有洁癖。迄今为止，我还从来没有发现他用过别人的手绢。”

“……可是，即便是你哥哥的手绢，也未必就是你父亲被杀时丢在现场的。或许是几天前丢在那里的，或许更早丢的也说不定。”

“但是，差不多每隔一天，我妹妹就会彻底打扫一次院子，事发的前一天傍晚，妹妹还把院子打扫了一遍呢。而且我知道在大家都睡觉前，哥哥并没有到院子里去过。”

“如果仔细调查一下那条手绢，或许就会有什么发现的。譬如……”

“已经不可能了。当时我没有给任何人看，立刻把它扔进了厕所里，因为我总觉得那手绢很肮脏似的……当然，我怀疑哥哥的理由还不止这些，还有许多别的事实。我和哥哥都住在二楼，只是房间不同。那天晚上一点钟左右的时候，不知怎么我突然醒了。也就是在那个时候，我听到了哥哥下楼的脚步声。当时我以为他去上厕所了，就没有放在心上。过了很长时间才听到他上楼的声音，所以怀疑他也不是没有道理。还有一件事，发现父亲被杀时，哥哥和我还在睡觉，听到母亲和妹妹的叫喊声，我惊恐万分，飞奔下楼，可是哥哥却脱掉睡衣，披上和服，也没有系腰带，只是手里拿着腰带往檐廊方向跑。后来我看见他赤着脚从檐廊下到放鞋子的石板上，不知什么原因，一直呆呆地站在那里。也可以认为看见父亲的尸体，他吓得不知所措了，可是，他为什么把手里的兵儿带[①]丢在了放鞋子的石板上呢？这是否意味着哥哥特别吃惊呢？以哥哥平时的性格，实在让人难以理解。只是丢了腰带还好说，但刚掉在石板上，他就会立刻捡起来。这也许是我多心吧，我总觉得他不光是捡起腰带，好像还有石板上的什么

① 兵儿带，日本和服腰带的一种。

黑色小东西（那东西大概是一眼就可以认出是谁的东西，比如钱包一类）。大概哥哥先把腰带丢在那东西上面，捡腰带的时候，顺便从腰带上面把那个小东西一起抓了起来。当时我也是吓得神魂颠倒的，而且那只是一瞬间的事，说不定是我看错了。但是从丢手绢的事，以及他在那个时候下楼，再联想到哥哥近来的反常表现，确实不能不让人怀疑他。

“自从父亲死后，全家人都变得有些异样似的。家里弥漫着不可思议的诡异气氛，不仅仅是因为一家之主死了而悲伤的感觉。吃饭的时候，虽然四个人面对面地坐在一起，但谁也不说话。看母亲和妹妹的神情，她们也和我一样，好像都在怀疑哥哥。而哥哥也总是脸色苍白地一言不发。那令人生厌的感觉，简直无法形容。在那样阴惨惨的家里我根本待不下去。放学后一跨进家门，就感觉有股阴风，冷飕飕的。失去一家之主已经够寂寞的了，再加上母亲和三个孩子都沉默不语，一家人在一起却各怀心思……啊，我受不了了，真是受不了了！”

“你的话越听越可怕，不会像你想的那样吧？你哥哥怎么可能……你太神经过敏了，太多虑了。”

“不，你错了。绝不是我多疑，我不会没有理由地怀疑他。哥哥有足够的理由杀死父亲。你不知道哥哥因为父亲有多么痛苦。就是说哥哥对父亲有多么恨之入骨……尤其是那天晚上，母亲又被父亲打成那个样子。深爱母亲的哥哥太气愤了，难保不会产生极端的念头。”

……

“太可怕了。不过现在还不能断定是他吧？”

“所以我才更加难以忍受啊。如果有个明确的说法，哪怕是个坏消息，也比这样好啊。一家人整天这样捕风捉影、疑神疑鬼的，真让人受不了。”

……

三、第十天

“喂，这不是S吗？你去哪儿？”

“啊……也不去哪儿……”

“你怎么变得这么憔悴啊？那件事还没有解决吗？”

“是啊……”

“看你最近不怎么来上学，我正准备今天到你那儿去呢。你这是要去哪儿？”

“不……没想去哪儿。”

“那你是在散步了？怎么看你走路晃晃悠悠的。”

……

“正好，我陪你走一会儿吧，咱们边走边聊……你到底因为什么事烦心呢？也不来上学。”

“我实在不知如何是好了，现在已经没有思考的能力了，就像生活在地狱里。我害怕待在家里……”

“还是确定不了凶手吗？你还在怀疑你哥哥？”

“别提那个事了，我觉得快要透不过气了。”

“你总是这样一个人烦恼也没有用啊，说说看，说不定我能帮你出出主意。”

“你就是让我说，也不是说说能解决的。我们全家人现在是互相猜疑，四个人在一间屋子里，谁也不说话，大眼瞪小眼的。偶尔开口说话，也是像警察或者法官似的，互相都想刺探出对方的秘密。我们都是血脉相通的亲人啊，然而其中一个人竟然是杀人犯……或是杀了父亲，或是杀了丈夫啊。”

“你怎么能这么想呢，这种事是绝对不可能的。肯定是你的脑子出了问题。大概是神经衰弱引起的妄想症吧。”

“不，绝对不是妄想，要真是妄想就好了。”

……

“你不相信也不奇怪，谁也想不到竟会有这样的人间地狱吧。连我自己也好像是被噩梦缠住了，竟然梦见自己被怀疑是杀父的嫌疑犯，而被警察跟踪……嘘！别向后看，警察就在后面。这两三天，只要我一出门，他们就在后面跟着。”

“……这到底是怎么回事啊？你是说他们怀疑你是凶手？”

“不仅是我，哥哥和妹妹都被跟踪了，我们全家人都被怀疑。而且家里人还在相互怀疑。”

“怎么会……是不是发生了什么新情况，让你们相互怀疑呢？”

“没有任何确凿的证据，只是怀疑而已。因为那几个嫌疑人都被释放了。现在只有怀疑家庭成员这一招了。警察是每天必来，搜查我家的每一个角落。前几天，他们在衣橱里发现了一件母亲的带有血迹的浴衣，兴奋得不得了。其实什么干系都没有。那不过是事发前一天晚上，被父亲用茶碗砸出的血迹，没有洗掉罢了。我对他们解释了之后，才算平息了事态。可打那以后，警察的想法骤然一变。他们的逻辑是，既然父亲是那样一个粗暴的人，那么他的家属就更值得怀疑了。”

“前几天，你不是一直怀疑你哥哥吗……”

“你说话小声点，不能让后面那个家伙听到……可是，哥哥也在怀疑别人。我总觉得他在怀疑我母亲。哥哥曾经装作若无其事的样子问过母亲，问她是不是丢过一把梳子。母亲非常吃惊，反问他为什么问这话。后来二人也没有再说什么。看似平常的对话，却突然启发了我。我怀疑上次哥哥捡腰带时一起拿起来的那个东西就是母亲的梳子……

“从那以后，我就开始留意母亲的一举一动了。这真是太卑鄙了，儿子竟然侦查起母亲来了。整整两天，我像蛇一样地瞪大眼睛，躲在角落里监视母亲。说起来令人很害怕，母亲的举止怎么看都觉得可疑，总给人感觉心神不定的样子。你能想象我的心情吗？怀疑自己的母亲是不是杀了自己的父亲，你知道这有多可怕吗……我真想问问哥哥，哥哥或许还知道些其他的什么，但是我实在没有勇气去问哥哥。而且哥哥好像也怕我问他似的，最近总是躲着我。”

“听你说的这些，我真想把耳朵堵起来。连听你说话的人尚且如此，想必你一定很不愉快。”

“岂止是不愉快啊。最近，在我的眼里，仿佛世人是和我不一样的生物。每次看到大街上的行人脸上流露出来的悠闲、乐天的神情，我总是觉得怪怪的。我常常会想，别看那些家伙一副满不在乎的样子，说不定就杀了自己的父亲或者是母亲呢。……拉开距离了，跟踪我的那个家伙，因为路上行人少，怕被我发现，所以故意隔了一百米的距离跟在后面。”

“可是，我记得你说过，在你父亲被杀的现场，看到过你哥哥的手绢吧？”

“是的，因此我不能完全消除对哥哥的怀疑。就连对母亲，我也不知道该不该怀疑。奇怪的是，母亲也在怀疑着谁。这简直就像小孩子们玩叠手背[①]啊……昨天傍晚，天已经黑了。我无所事事地从二楼下来，看见母亲站在檐廊上，好像在偷看什么，两眼直放光。看见我下楼，她吃了一惊，装作若无其事地回了房间。看母亲的样子太奇怪了，所以我也走到母亲站过的地方，朝她刚才盯着的方向望去。

“你猜那里有什么？那边有很多棵小杉树，透过树叶，依稀可

① 比喻重复同样的动作，毫无进展。

见一座供奉稻荷神的小庙。在小庙的后面，有个红色的东西忽隐忽现的，仔细一看，原来是妹妹的腰带。妹妹在这里干什么呢？从我的位置只能看到腰带，所以弄不清她在搞什么，可是在那个小庙后面不可能做什么事啊。我差一点喊出了妹妹的名字，突然间想到了母亲刚才的奇怪举动。而且就在我朝小庙方向观望的时候，还能感觉到背后母亲的目光。我觉得这件事不简单，说不定所有的秘密都隐藏在那个小庙的后面呢。我的直觉告诉我，那个秘密就掌握在妹妹一个人的手中。”

……

“我想亲眼察看一下小庙背后到底隐藏了什么秘密。所以从昨天傍晚到现在，我一直在寻找机会，可是一直没有找到。首先，母亲的目光一直很警惕地盯着我，即使我去厕所，出来时也总看见母亲站在檐廊上有意无意地监视着我。这或许是我多心，我也希望是多心。可这是偶然的吗？从昨晚到今天早上，无论我去哪儿，都必然处于母亲警觉的目光中。还有就是，妹妹不可思议的举止……

“你知道，我经常逃学，所以最近一直没去上学，按说谁也不会感到奇怪。可是妹妹竟然问我为什么不去上学。迄今为止，她可是从来没有问过我这样的问题。而且，她当时的眼神特别古怪，说话腔调就像小偷之间说暗语似的，让我总觉得她话里有话，似乎在说我什么都清楚，你尽管放心好了。无论怎么琢磨，我只能这么领会她的言外之意。看来妹妹是在怀疑我呢。所以妹妹也在监视着我。我好不容易躲过母亲和妹妹的监视来到院子里时，发现哥哥正从二楼的窗户中向外偷窥着。总之，就是找不到机会……

“其实，就是给我机会，到小庙后面去也需要有足够的勇气。到时候说不定我会吓得不敢去呢。不确定谁是凶手，实在让人受不了。可是话又说回来，在亲骨肉中间确定一个凶手也是很可怕的。啊，我到底该怎么办呢？”

……

“说着这些无聊的事，怎么不知不觉地走到这个地方了。这究竟是什么街啊？咱们还是往回走吧。”

……

四、第十一天

“我终于看到了。我看到那个小庙的后面了。”

“你看到什么了？”

“那儿埋藏着可怕的东西呢。昨晚，我趁着他们入睡之后，鼓起勇气来到院子里。由于母亲和妹妹的房间就挨着楼下的檐廊，所以从檐廊是出不去的。可要是从正门绕出去，必须经过她们的枕头边。幸亏我住的二楼房间正好对着院子，我便从窗户出来，顺着屋顶爬了下来。月光照得院子里像白天一样亮，所以我顺着屋顶爬下去的怪影清晰地映在地面上。那时候，我不由得感觉自己成了那个可怕的凶手，杀死父亲的凶手其实就是我。我想起了关于梦游症的故事。在某个晚上，那个人不也是像我现在这样，顺着屋顶去杀死了自己的父亲吗？……我恐惧地打了个哆嗦。但是，仔细想想，怎么会有如此荒唐的事呢？那天晚上，就在父亲被害的那一刻，我不是睁着眼睛躺在自己的床上吗。

"我轻手轻脚地来到那座小庙的后面，借着月光仔细一看，发现地面有被挖过的痕迹。肯定是这里，我这么想着，用手把土扒开，一寸一寸地往下挖。很快就感觉碰到了什么东西。取出来一看，原来是很熟悉的家中的一把斧头。借着月光，可以清晰地分辨出，生了红锈的斧头刀口上，粘着黑色的血块……"

"是斧头？"

"没错，是斧头。"

"你的意思是说，你妹妹把斧头藏在那里了？"

"只能这么认为。"

"但是，你不会认为是你妹妹干的吧？"

"这可难说。谁都有可疑之处。无论是母亲、哥哥、妹妹，还是我，都是对父亲怀有怨恨的。而且，恐怕所有人都希望父亲死掉。"

"你这样说也未免太过分了。你和你哥哥姑且不说，连你母亲也希望自己相伴多年的丈夫死吗？我虽然不知道你父亲是个多么坏的人，但我想，从亲情的角度上说，不应该希望他死吧。就说你自己吧，你父亲死了以后，肯定很难过……"

“不过我可是个例外，我一点也不难过。无论是母亲、哥哥，还是妹妹，没有一个人为父亲的死感到悲伤。虽然这样说非常难为情，但这是事实。因为与其说难过，倒不如说是害怕更确切。害怕必须从亲人中找出一个杀夫或者杀父的凶手来，所以没有余力考虑别的。”

“我很同情你们……”

“凶器虽然找到了，还是不知道究竟是谁干的。完全是两眼一抹黑。我把斧头又埋回原处，顺着屋顶又爬回到自己的房间。我躺在床上，整整一夜都没有睡踏实。母亲的脸如同面目狰狞的般若，双手举着斧头；哥哥的额头上暴起犹如石狩川一般的青筋，发出含混不清的喊声，正将斧头狠狠地砍下去；妹妹把手里拿着的什么东西藏在背后，悄悄地走近了父亲身后。这些情景就像走马灯似的……”

“这么说你昨晚一直没睡觉吗？难怪我觉得你的样子特别兴奋呢。你平时就有点神经过敏，这样兴奋过度的话对身体可不好。我看你还是平静些为好！听你这么一说，实在太血腥了，感觉不怎么舒服。”

“或许我装出一副若无其事的样子会好些。就像妹妹将凶器埋在土里一样，应该将我这个发现永远埋在心里吧。但是我无论如何不能那么做，当然我可以不让世人知道，可至少我自己想知道事情的真相。不弄个水落石出，我是不会安心的。每天一家人都这样互相试探来试探去的，这样的日子怎么过下去呢。”

“现在说什么可能也没有用，不过，你到底能不能把这件事只告诉我一个人呢？虽然最初是我先问你的，可是近来我一想起你说过的话，就害怕。”

“可以告诉你，你是不会背叛我的。而且如果总是憋在自己心里，实在受不了。或许会让你心情不好，还是希望你能听一听……”

“是吗？那就好。你今后打算怎么办呢？”

“不知道，我真的不知道。或许是妹妹自己干的也说不定，或者是妹妹为了袒护母亲或哥哥把凶器藏起来的。还有，我不明白的是，妹妹竟然流露出怀疑我的神情。她到底是因为什么怀疑我呢？一想到她的目光我就浑身发冷。可能是因为年纪太轻，敏感的妹妹感觉到有什么地方不对劲吧。”

……

“好像是这样，可是我怎么也弄不明白是怎么回事。在我内心深处，总觉得有个声音在嘟嘟囔囔的，一听到这个声音我就坐立不安起来。虽然我自己什么也不知道，或许只有妹妹知道点什么。”

“你真是越说越离奇了，就像给我猜谜似的。像你说的那样，你父亲被害时你还醒着，又是在自己房间里的话，你就没有理由受到任何怀疑啊。”

“按理说应该是这样。可是不知什么原因，我在怀疑哥哥和妹妹的同时，自己也莫名其妙地不安起来。我总是觉得不能说自己与父亲的死没有一点干系，反正老是这么感觉。”

五、一个月之后

“你怎么了？好几次去看你，你都不见我，很担心你啊。我还以为你精神不正常了呢。哈哈哈，不过你瘦多了。你家里人也真有意思，也不告诉我详情。你到底哪儿不舒服啊？”

“嘿嘿嘿，我是不是像个幽灵啊。我今天又照了照镜子，好吓人呢。没想到精神上的痛苦居然让人这么不堪，我大概是活不长了。我是好不容易才走到你家的，浑身没有力气，就像踩在云上一样轻飘飘的。”

“到底是什么病呢？”

“我也不知道。医生也是敷衍塞责，说是严重的神经衰弱。而且还咳嗽得特别厉害，说不定是得了肺结核。不是说不定，十有八九是得了这个病。”

“你又来这套了。像你这样神经衰弱的话还了得。是因为你父亲的事思虑过度吧？我看你就别老想那些事了。”

“不是因为那个事，那事已经彻底解决了。其实，我今天就是为这事来的……”

“啊，是吗？那太好了。我最近也没有留意看报纸，这么说凶手已经抓到了？”

“是的。但是，那个凶手，你不要太吃惊，不是别人，就是我啊。”

“啊，你是说你杀死了父亲？别再说了。咱们还是出去散散步吧，说点高兴的事好不好。”

“不用，不用，你先坐下。我跟你大概说说情况，我就是为这事来的。你好像一直很担心我的精神出了问题，其实你根本不用担心，我的精神一点毛病都没有。”

“可是，你竟然说是你杀了自己的亲生父亲，这也太荒唐了。从各方面的情况来看，都是绝对不可能的呀。”

“不可能？你真的这么想？”

“当然了。你不是说你父亲被害时，你就躺在自己房间里的床上吗？一个人同时在两个地方，无论如何也不可能啊？”

“那是不可能。”

“那不就没的说了吗，你就不可能是凶手。”

“可是，即使是躺在床上，未必就不能杀死屋外的人。对这一点，似乎谁也没有意识到。我也从来没有这样想过，直到两三天前的晚上我才突然想到的。父亲被杀死的那天晚上，一点左右，二楼的窗外有两只猫在闹猫，叫唤个没完没了，声音特别大，实在吵得受不了，我就从床上起来，想打开窗户，把那两只猫赶走。人的心理作用真是奇怪，常常会忘记非常重要的事情。然而又会因极偶然的契机突然想起来。就像坟地里突然出现的幽灵一般膨胀成巨大的异形物浮现在脑子里。说起来，人们日复一日地生活，其实就像表演惊险杂技一样危险，搞不好就会一脚踏空摔成重伤。可是世上的人居然能若无其事地活着。”

“你快说啊，最后的结局到底是什么？”

“你耐心地听我说吧。我突然想起父亲被害那天晚上一点钟时我还醒着的原因了。在这次事件中，这个原因是非常重大的问题。平时，我只要躺下睡着了，直到第二天早上都不会醒，可是那天深夜一点钟还醒着，一定是有什么原因。在此之前，我从来就没有注意到这一点，但是那天的猫叫声让我想起来了。出事那天晚上也是这样，因为猫叫声，我被吵醒了。”

“出事跟猫有什么关系呢？”

“有关系啊。你知道弗洛伊德的潜意识学说吗？简单地解释一下吧，就是说我们内心不断产生的欲望，大部分还没有实现就被埋葬了。有的欲望是不可能实现的妄想，有的虽然可能实现，却是被社会所禁止的。那么这些数不清的欲望该怎么办呢？我们自己就将它们幽禁在无意识中了。就是说将它彻底忘记。但是忘记并不等于将欲望消除掉，只不过是把它深藏在我们的心底，不让它们出来罢了。所以我们的内心深处蠕动着许多不能实现的欲望的亡灵。它们伺机而动，只要有一点缝隙便想跳出来。它们常常趁人们睡眠时，乔装打扮，潜入梦中，兴风作浪。它们折腾得厉害的时候，人就会变得歇斯底里，疯疯癫癫的。如果幸运地朝好的方向发展的话，会因升华作用，而创作出艺术，成就事业。只要读过一本精神分析方面的书，你一定会惊叹于被囚禁的欲望这种东西中蕴藏着多么可怕的能量。过去我对这方面很感兴趣，曾经读过几本这方面的书，其中有一派学说中有所谓‘忘物说’。即突然忘记很熟悉的事情，怎么也想不起来，也就是人们常说的‘突然想不起来了’。其实这绝不是偶然的。既然忘记了，一定有忘记的原因。由于此事有最好不想起来等缘故，不知不觉就会把记忆囚禁到无意识的世界中。有许多这方面的例子，比如这样一个故事。

“曾经有一个人，忘记了某国外的精神病学者的名字，怎么也想不起来。几小时后，名字又偶然出现在他的脑海里。他感到非常诧异，平时很熟悉的名字，怎么就忘记了呢？于是他按照联想的顺序，浮现出了浴场—沐浴—矿泉这几个场景。终于解开了谜底，原来那个人曾经得了一种病，这种病必须要去那个学者的国家洗矿泉浴。原来是这个不愉快的联想妨碍了他的记忆。

“另外，有一位精神学家琼斯也谈到过这样一个实验。有一个人烟瘾很大，一天，他想不能再这样抽烟了，于是他的烟斗突然不见了，怎么也找不到。就在他已经忘掉这件事的时候，烟斗却在一个意想不到的地方找到了。也就是说他的无意识把烟斗藏了起来……虽然这个说法听着很深奥，可正是这个遗忘心理学是解决这次事件的关键。

“因为我自己也忘记了一件很重大的事。那就是忘记了杀死父亲的凶手就是我自己这件事……”

“有学问的人的妄想，实在是与众不同啊。居然能够把世间无比荒唐的事，这样细致地用严谨的学说来说明。你刚才说什么你一时想不起来自己杀过人，这世上哪有这等可笑的事啊？哈哈哈哈哈，你没事吧，我看你怎么神经兮兮的。”

“你且等我把话说完，然后你想说什么都可以。我绝对不是来对你说笑话的。听到猫叫声，我想起来的，就是出事那天晚上，在闹猫的时候，其中一只猫一定是跳到紧挨屋顶的那棵松树上去了。因为当时我好像听到了啪嚓的一声……”

“越说越莫名其妙了。猫跳到松树上跟杀人有什么关系呢？我真是担心，你是不是有点神经不正常了？”

“你也知道吧，那棵松树特别高大，简直就是我们家的标志。那棵树下放着一块父亲坐过的石板……我这么一说，你也能猜个八九不离十了……就是说，那只猫跳到松树上后，偶然碰到了放在树枝上的什么东西，或许那个东西又掉到了父亲的头上。”

“你是说，斧头正好放在树上吗？”

“是的，正是斧头在树上。虽然极其偶然，但也不是不可能的。”

“可是，这只能说是一起偶然事件，也不是你的罪过啊？”

“你不知道，把斧头放在树上的人正是我。我把这事忘得一干二净，直到两三天前才突然想起来。这就是所谓的遗忘心理。说起来，把斧头放在树上，确切地说是忘在树杈上是半年以前的事了。那之后我一次也没有想起过。由于没有需要用斧头，当然也就没有机会想起来。即便如此，因为什么事应该会想起斧头的。因为留下了深刻印象，早晚都会想起来的。如果彻底忘掉了它的话，必定是有什么原因。

“今年春天，因为要砍掉松树上的枯枝，我曾经拿着斧头和锯子爬上了树。由于要骑在树枝上砍枯枝，非常危险，所以不用斧头的时候我就把斧头放在树杈上。那棵树的高度比二楼的屋顶还高一点，树杈正对着地上的石板。我当时一边干活一边想，要是斧头从这儿掉下去的话，会怎么样呢？肯定会砸在那块石板上。如果当时有人坐在石板上，说不定会把那人给砍死。而且我还想起了中学物理课上学过的‘自由落体运动’公式，这个距离产生的加速度，足以打碎那个人的头盖骨。

“而且，父亲有坐在石板上休息的习惯，就是说我不知不觉地在想杀死父亲。只是心里一闪念，我不禁吓了一大跳。不管父母是什么样的恶人，倘若动过杀死父母的念头，那就不是人了。我必须把这个不祥的妄想赶走，于是这个罪恶无比的欲望就被暂时囚禁到了无意识的世界中。但是，那把斧头却继承了我的恶念，仍然待在树杈间等候时机。我一直没想起斧头，按照弗洛伊德的理论，不言而喻，正是我的无意识起的作用。而这无意识并不是普通的偶然过错，完全出自我自身的意志。把斧头放在树上，弄不好它就会掉下来的。如果父亲恰巧坐在下面的石板上的话，就会把他杀死的。这一复杂的计划被安排在冥冥之中，更有甚者，这个罪恶的企图连我自己都不知道。也就是说，虽然我准备了杀死父亲的装置，却有意把它忘掉，表现得很善良的样子。换句话说，我的无意识世界中的恶人欺骗了意识世界中的好人。”

“你讲得这么深奥，我听不懂。总觉得你好像是故意要成为恶人似的。”

“不是的，如果你知道弗洛伊德的理论就不会这么说了。首先，我为什么在长达半年的时间里把斧头忘得一干二净呢？我不是明明看到了同一把带着血污的斧头了吗？其次，我为什么明知有危险，还要把斧头忘在那里呢？最后，我为什么要选择这么危险的地方放斧头呢？三个不正常都凑齐了。即使这样你也能说我没有恶意吗？只说忘记了，就可以一笔勾销吗？”

“下面你打算怎么办呢？”

“当然是去自首了。”

“自首当然可以，但是无论哪个法官都不会判你有罪的。这一点倒是可以放心。那么你上次说的各种物证是怎么回事呢？手绢啦，你妈妈的梳子啦……”

“手绢是我自己的。砍松树枝时，我把它缠在斧头柄上，忘了拿下来了。那天晚上，手绢和斧头一起掉了下来。梳子我不太清楚，大概是母亲当时看到父亲的尸体时，受到惊吓丢掉的。一定是哥哥为袒护母亲，把梳子给隐藏起来的。”

“那么你妹妹将斧头藏起来又是怎么回事？”

“因为妹妹是第一个发现斧子的，她有足够的时间隐藏。她一看就知道那斧头是自家的，所以她认定凶手是家里的什么人。她的第一反应就是把这重要物证给藏起来。她本来就是个机灵的姑娘。后来警察开始搜查家里，她觉得一般的地方不能放心，便重新将它埋在了小庙的后面。”

“这么说你怀疑家里的所有人，最后才知道原来凶手就是自己。还口口声声说什么要抓住凶手呢。你不觉得就像一出喜剧吗？虽说是这种时候，我还是产生不了同情心。也就是说，我不能接受你是凶手的事实。”

“罪魁祸首就是那所谓无意识的遗忘。这太可怕了。不过看起来像是喜剧，可笑至极，但此事恰恰证明了不是单纯的健忘。”

“听你这么一说，或许是这样吧。但是，我非但不为你的坦白而难过，反而想祝贺你解开了多日来的谜团呢。”

“这样一来，我心里也是痛快多了。大家相互猜疑，实际上是在相互偏袒，因为谁也不会坏到要杀死自己的亲生父亲。全家人都是特别善良的好人。其中只有一个坏人，那就是怀疑别人的我。从疑心这么重这一点，就证明我是一个真正的坏蛋。”

· 湖畔亭离奇命案 ·

一

诸位读者，你们是否还记得五年前发生于H山中A湖畔的那起离奇命案呢？该案虽发生在偏僻的山里，但因案件过于离奇，以至于东京的各报刊都进行了报道。有一家报纸竟然以“A湖畔的无头案”为标题，还有一家报纸是“尸体丢失之谜”这样耸人听闻的标题，对此事件进行大肆渲染。

细心的读者或许知道，那件所谓的“A湖畔无头案”直到五年后的今天仍未破案。凶手没有抓到就不用说了，最奇怪的是，连受害者是什么人都没有搞清楚。警方已经放弃了追查。即便是湖畔村里的人们，也都把这起曾引发举世轰动的案件渐渐淡忘了。照此下去，这个案件将成为永久的谜案，一直不能真相大白了。

但是，在这个世界上，有两个人是知道这个案件的真相的，其中一人就是我了。或许有的读者会责怪我为什么当初没有把真相公之于众，其实我也是万般无奈。请各位姑且耐心地听我把埋藏在心里的话说完，能够体谅我为了保持沉默而忍受的巨大痛苦。

二

在进入正题之前，我必须先说明一下我的非同常人的怪癖，或者说是我自称为“镜头狂”的一种嗜好。各位可能会急于知道那个离奇的案件到底是怎么一回事，以及最终是怎么解决的。但是这个故事，若不从我的异常嗜好讲起，就会由于跳跃性，变成让人难以置信的故事。而且我也很想借此机会，给各位详细讲讲我的怪癖。所以恳请各位读者，权当是听一个痴人说梦，允许我讲述一下自己无聊的故事吧。

不知怎么搞的，我从小就是一个非常内向而阴郁的人。在学校里，我总是躲在角落里，瞪着眼睛看着同学们高兴地嬉戏。回到家里，也不和附近的孩子一起玩，而是把自己关在四叠半的小屋里，玩各式各样的玩具。再大一点，就玩起了刚才提到的镜头之类的东西，这些东西宛如我的好朋友一样，成了我唯一的伙伴。

我就是个奇怪的、让人讨厌的孩子。我甚至会对着这些没有生命的玩具说话。有时候是玩偶，有时候是纸糊的狗，或是幻灯中的各种人物等，经常变换着对象。我对着它们，就像对着自己的恋人似的，叽叽咕咕地自说自话，或代替对方说话。有一次，被母亲听到了，狠狠地训斥了我一顿。不知道为什么，母亲当时的脸色十分苍白，一边教训我，一边瞪着一双畏缩的眼睛，我虽然还小，但也觉得很奇怪。

这个姑且不说了，说到我的兴趣，从普通玩具到幻灯，再从幻灯到镜头，这样逐渐变化着。好像是宇野浩二先生[①]曾经在什么地方写过这种经历，我简直跟他一模一样，喜欢躲在昏暗的壁橱里放幻灯玩。在壁橱漆黑的墙壁上呈现出来的一幅幅图片，宛如噩梦中看到的艳丽色彩，与阳光下看到的完全不同，仿佛是来自另一个世界的光线照出来的，有种难以形容的魅力。我有时甚至忘了吃饭，一头扎进满是油烟味的壁橱里，从早到晚嘴里胡乱嘟囔着，陶醉于幻灯之中。每次被母亲发现，从壁橱里把我拽出来后，我总有种从甜蜜的梦幻中被拉回到可恶的现实世界的感觉，说不出来的不痛快。

即便是如此沉迷幻灯，当我从寻常小学[②]毕业时，大概是觉得有些丢人吧，就不再钻壁橱了，偷藏起来的幻灯机也不知什么时候弄坏了。虽然弄坏了，但是镜头留了下来。我的那台幻灯机又大，质量又好，是普通玩具店出售的幻灯机根本无法相比的。镜头直径足有两寸，很有厚重感，沉甸甸的。镜头是两个，我有时拿它当镇纸用，后来就一直放在书桌上。

记得是初中一年级的时候，一天，我起晚了，这种事对我这个喜欢睡懒觉的孩子来说不算什么新鲜事。不管母亲怎么喊我起床，我只

① 宇野浩二（1891—1961），日本小说家。1919年发表描写平民生活的短篇小说《仓库里》和长篇小说《苦恼的世界》，奠定了在文坛上的地位。
② “二战”前日本小学校的称呼。

是嘴里答应着，却不愿意钻出温暖的被窝，结果上学就会迟到，于是也越来越讨厌上学了。我甚至欺骗妈妈，假装生病，整天赖在床上。既然已经装病了，本来不喜欢喝的稀粥也得硬着头皮喝下去，想出去玩也不能下床了。所以我又像以往那样，后悔不去上学了。

那天，我把套窗关上，把屋子里弄得黑乎乎的，以便与自己阴郁的心情相符合，于是外面的风景透过缝隙和空洞照在了纸拉门上。大大小小的，朦胧的清晰的，各种各样的景色都倒映在上面。我躺在床上望着这风景的时候，突然想起了关于照相机发明者的故事。能否让照片也像那小孔中的画面一样，涂上各种色彩呢？我就像个了不起的科学家似的，自以为是地这样幻想起每个孩子都曾做过的色彩缤纷的梦来。

渐渐地拉门上的投影颜色一点一点地暗淡下去，直到最终消失的时候，从拉门的缝隙和空洞里射入了白得刺眼的夕阳。因为无缘无故没有去上学而感到心中有愧的我，像鼹鼠一样怕见阳光。我的心情烦躁得受不了，用被子把自己严严实实地蒙住，闭上眼，以某种甜甜的而又厌恶的奇怪感觉，盯着聚集在眼前的无数黄色或紫色的光环。各位读者，我说的这些似乎与杀人案件风马牛不相及。不过请你们不要责怪我。我一向这样说话。而且，我所说的这些童年的回忆也不是与杀人案没有一点关系。

还是接着说下去吧。我又从被子里伸出头来，看到我的脸下方有一处发亮的地方。原来是从套窗的空洞照进来的阳光又穿过拉门的破口，映在榻榻米上的圆形投影。肯定是因为整个房间太暗的缘故，那个圆形投影白晃晃的特别刺眼，我觉得很不可思议。于是，随手拿起扔在桌上的那个镜头，把它放在那个圆形投影上，结果看到一个妖怪一样的影子出现在天花板上，吓了我一跳，不由得把镜头扔在地上，那个影像就是那般可怕。之所以会这样，是因为尽管光线较暗，但是它下面的榻榻米的一根灯芯草，被放大到足有两寸粗，就连微小的灰尘也看得一清二楚。我惊骇于镜头的神奇力量，同时也体验到了它那难以抗拒的魅力。我对于镜头的兴趣就是从那个时候开始的。

正好我房间里有小镜子，我就用它使镜头的投影产生折射，将各种画或是照片投射到一面墙上。这一尝试获得了成功。后来，在初中高年级的物理课上，我学到了同样的原理。再后来，我见到了流行的实物幻灯，才明白自己的发现并非什么稀奇之事，可当时，自以为是个了不起的发明，每天都沉迷在镜头与镜子的世界里。

一有空，我便买来硬纸板和黑布做成各种形状的盒子。镜头和镜子也渐渐增多了。有时，我在弯曲成长长的U字形的暗箱中放入很多镜头和镜子，于是从不透明的物体这面，就可以没有任何障碍般地看见该物体的另外一面，我将这种装置称为“透视术”，家人看了都觉得不可思议。有时，我还在院子的一面墙上装上凹面镜，通过它的焦点燃起火焰；有时，在家中装上各种形状的暗箱，人在起居室里，却可以看见大门的来客。诸如此类的其他戏法，让我乐此不疲。显微镜、望远镜，我也做得独具个性，并取得了初步的成功。我还用镜子制作了一间小屋，将青蛙、老鼠放入其中，它们看到镜子里的自己时吓得直哆嗦的模样，把我乐坏了。

我的这种嗜好一直持续到初中毕业。但是升入高中以后，由于住校和学习紧张，渐渐地就不再玩镜头了。这种兴趣以数倍于以前的程度再次复活，是在毕业以后了。那时候即使不工作，我也没有任何经济上的压力，整天无所事事地消磨时光。

三

我必须在此坦白自己有着某种可怕的怪癖，那就是偷窥他人的隐私。我从小就性格乖僻，所以装腔作势地蓄着一撮小胡子，倒也没有什么可奇怪的，可怕的是，即便是粗鄙的女佣都不屑去做的偷窥，我却从中能够获得莫大的快乐。虽说这类的毛病，每个人或多或少都会有，但是我的情况实在太极端了。更不应该的是，我偷窥的全是那种不可告人怪异而恶心的东西。

听一个朋友告诉我说，他的伯母也有偷窥的毛病。恰好伯母家屋后的木板墙隔壁就是邻居家的起居室，她一有空就透过木板壁上的小孔偷看邻居屋内的情况。她闲居在家，没有什么像样的工作，因过于无聊，就像读小说似的偷窥起了邻居家发生的所有事情。什么今天来了几个客人啦，哪个客人什么打扮啦，说了些什么啦，谁家生了孩子，互助会给买了些什么礼物啦，女佣打开食品橱偷吃东西等琐细之事，知道得比自家的事还要详细。甚至连隔壁的男主人都不知道的事，她都一清二楚，并且将看到的这些事讲给我的朋友听，就如同祖母给孙儿读连载小说一样。

听他这么一说，我心想，世间原来也有和我一样的病人啊。说来可笑，我竟然受到了鼓舞。然而我的病比起同学那位伯母要恶劣得多。举个例子，这是我毕业后的第一个恶作剧。我在自己的卧室和我家女佣的房间中间，偷偷安装了用镜头和镜子拼成的各种暗箱，打算偷窥长得像熟透的水果似的二十岁姑娘的秘密。虽说是偷窥，但我采用的却是极其怯懦的间接方法。就是在女佣房间里不太显眼的地方，比如在天花板的角落里，装上我发明的镜头和镜子，然后通过暗箱，使天花板上面成为通道，导入光线，于是就可以把女佣房间里照在镜子里的影子，原封不动地投射到我书桌上的镜子上。也就是说，这种装置就像是从潜艇内观察海面情况的潜望镜什么的。

那么，我用它观测到了什么呢？其中有许多是不便在这里公开的隐私。比如，二十岁的女佣每天晚上上床睡觉前，都要从行李箱的底层拿出几封信和一张照片，端详一会儿照片，看一会儿信，这样反复不停。睡觉时，还将照片紧紧地贴在丰满的乳房上，搂着照片睡觉，看到这些我明白了，原来她也有情郎了。反正就是这一类的隐私。而且，出乎意料的是，她竟然是个爱哭的女人，还是个特别爱偷吃东西的女人，睡相也不好看。还有一些更暴露的情景，常常看得我心旌摇曳。

自从体会到这些乐趣之后，我的怪癖越发严重了。除了女佣之外，窥探家人的秘密让我不舒服，可是又不能将装置延伸到别人家里，所以一时十分困惑。不过，很快我便想出了一个绝妙的主意。我将这个镜头和镜子的装置改装成便于携带的组合式套装，拿到旅馆、茶屋或者餐馆，在那里当场组装。要做成可以自由调节镜头焦距的装置，暗箱还要做得尽可能小巧、不显眼等，虽说有种种难度，然而刚才也说了，我天生就对这些手工活感兴趣，经过几天的精心制作，终于做成了无可挑剔的携带式窥视镜。

此后，所到之处我都使用了窥视镜。我还随便编个理由住在朋友家，把装置放在朋友的卧室，偷看过朋友夫妻激情交欢的场面呢。

仅仅将这些秘密观察记录下来，就足够写成一篇小说的。那么，我的故事就说这么多吧，下面就把话题转到杀人案上来。

事情发生在五年前的初夏。当时我患了神经衰弱，非常厌倦城市的喧嚣。于是，我听从家人的劝告，也为了避暑，前往位于H山中A湖畔的一家名为湖畔亭的旅馆，独自一人住了一段时间。由于还不到避暑的时期，旅馆里空荡荡的，没有几个人，山中凉爽的空气，令人感觉冷飕飕。无论是泛舟湖上还是森林漫步，天天如此也就索然无味了。但是，我又不想就此打道回府，便在旅馆的二楼上无聊度日。

由于穷极无聊，我又想起了偷窥镜。幸而已成癖好，总是将它带在身边，此时就放在我的行李箱底。旅馆虽然冷清，还是住了几对客人，此外还有为应对夏季旅游旺季雇用的十来个女佣。

“好啊，我就搞点恶作剧消遣消遣吧。”

我暗自窃笑起来。由于房客少，不用担心被发现，可以放心地安装那套装置。那么，我都偷看到了什么呢？以及由于这偷窥，我竟然意外地发现了一桩怎样的大案？下面我就给各位讲一讲。

四

湖畔亭旅馆呈细长形，建造在H山上一个著名湖泊南边的高坡上。北侧挨着湖泊，景色绝佳，南侧隔着湖畔的小村落，可眺望远处层层叠叠的山脉。我住的房间位于面朝湖水的北侧尽头。房间前面有一条如凉台般宽阔的檐廊，每个房间里都放了两把藤椅，坐在藤椅上，可以透过旅馆院子里的杂树丛，欣赏到湖泊的全景。置身于青山环绕的静谧的湖光山色之中，起初一段时间，我感到十分愉快。晴天时，近处的群峰倒映水中，湖面小帆船飘然滑过；雨天，乌云遮蔽了群山之巅，疾速压过来，从云间洒下无数的银色雨丝，打在湖面上，犹如激起了美丽的鸡皮疙瘩一般。这些寂寥而清爽的风景洗净了我浑浊的大脑，让我暂时忘掉了深深困扰我的神经衰弱。

然而，随着神经衰弱渐趋好转，我不安分的本性又发作了，渐渐觉得深山里的寂寞生活不能忍受了。湖畔亭旅馆，顾名思义，不仅是游客的旅馆，还兼营料亭[①]，接待来自附近村镇的游客。还可以根据客人的要求，从附近的小山村招来艺伎，喧闹异常，与周围的风景极不协调。因为太寂寞，我也曾召过两三次艺伎，但是这种不上不下的刺激又如何能让我满足呢？我日复一日地面对群山、湖水，大多数的日子，旅馆里鸦雀无声，偶尔听到的也不过是乡下艺伎弹奏得难听的三弦曲。虽说如此，回家也没有什么意思，再说距离预定离开的时间还早着呢。因此百无聊赖的我，正如前面说过的那样，猛然又想起了那个窥视镜游戏。

使我产生这种念头的原因之一是，我的房间恰好位于窥视的极佳位置。我房间在二楼的最边上，打开一扇圆形的窗户，就可以看见湖畔亭旅馆浴室的屋顶。过去，我利用窥视镜偷看过各式各样的场景，却从来没有偷看过浴室呢。于是我的好奇心勃然而生。其实我并不是想看裸女沐浴，这样的场景，去深山里的温泉浴场，也不用那么麻烦，即便在城里的某种地方就可以随便看。况且，这个湖畔亭旅馆的浴室，原本就不分男女的。

我想看的是，在周围没有任何其他人的时候，面对镜子时的裸女或裸男是一副什么样子。虽说平时在浴室里，已经看惯了那些裸体，但那些都是暴露在众人面前的裸体。他们虽然是一丝不挂的，但是他们并没有除去那最后一层“羞耻之布”。这种裸体只不过是意识到他

---

① 比较高级的日式餐馆。

人目光的一种不自然的姿态。

根据以往的偷窥经验，我非常了解人这种生物在周围有别人时和独自一个人时有着多么巨大的不同。在人前一副貌似机灵的紧张表情，独自一人时就松弛下来，简直判若两人。有些人的变化之大简直像活人与死人的差别那样。不单是表情，姿势和各种动作都完全改变了。我曾经见过这样一个人，在人前完全是一个乐天派，可以说是个快活得有点疯狂的人，可是当他独自一个人时却完全相反，是一个极端忧郁的厌世者。人或多或少似乎都有这样的两面性。我们所看到的人，实际上与他的本性正好相反的现象屡见不鲜。由此推断，观察一个裸体的人独自一人照镜子时，会怎样面对他的裸体，应该是一件很好玩的事。

由于这个缘故，我决定将窥视镜的一端安装在浴室外面的有着一面穿衣镜的更衣室里，而非浴室里面。

五

那天，等到夜深人静时，我便开始了我的奇妙作业。我先从行李箱里取出窥视镜，将多个纸筒衔接起来，接成一个长长的筒，然后从那个圆窗爬到浴室屋顶上，找了一处不太显眼的地方，用细铁丝将长长的圆筒固定在上面。幸好旁边的空地上有一棵高大的杉树，遮挡了那面墙，即便天亮之后，也不用担心装置会被别人发现。而且我选的位置朝向后院，平时少有人来。

我像做贼似的，攀着树枝从浴室的窗户爬进去，在黑暗中全神贯注地干活。花了三个多小时，终于按照预想的那样把装置安好了。窥视镜的一端沿着圆窗到壁龛柱子后面固定在柱子上，以便于我一躺下，就可以随时窥视。为了不被女佣发现，我还把呢绒披风挂在了柱子上。

从第二天开始，我便沉溺在了神奇的窥视镜世界中。我在墙角安装的灰色暗箱中，斜着装有两寸左右的小镜子，这样就可以清晰地看到从上边的镜头里映出的更衣室里的情景。由于光线经过多次折射，照出来的画面十分昏暗，这反而增添了一种梦幻般的感觉，极大地满足了我的病态嗜好。

我的房间在二楼，所以听不到去浴室的人的脚步声，而且从圆窗窥看，也只能看见浴室屋顶，根本看不到内部的情形。因此更衣室里什么时候会来人，只能通过观察镜的反射才能知道。于是，我就像一个垂钓者在等待浮标晃动一样，早上一起床，就躺在房间里，凝视着暗箱中的小镜子。

当等候已久的身影终于出现在镜子里时，我的心情是多么激动啊。那个人脱衣服期间，或是从水里出来后擦身子的时候，我便急不可耐地盼望着有什么新奇的事情发生。

可是，我的期盼多数情况下都落了空。出现在昏暗的镜面上的男人女人，除了在那里蠕动之外，看不到任何新奇的东西。而且，虽然是初夏，由于在山沟里，早晚还是很寒冷的。住在这里的客人只有两三对，即使来这里饮酒作乐的客人，也只是三天来一次。就是说，来洗澡的人很少，我的镜子里的世界与湖面的景色一样，是非常寂寞的。

只有那十来个女佣入浴时的景象让我稍感安慰。她们有时候两三个人结伴出现在脱衣处。我虽然听不到她们在说些什么，大概聊些内容淫荡的八卦吧。她们一边嘻嘻哈哈地开着玩笑一边脱衣服，互相比着谁的皮肤好，拍着对方肥胖的肚子，我都看得真真切切。她们这些举动，在镜子里犹如一幅幅小照片一样，可爱地晃动着。

洗完澡，她们长时间地站在穿衣镜前化妆。我以前就对女人化妆颇有兴趣，只是从来没有见过裸体的女人，以如此不知羞耻的样子大胆地化妆。

那里面呈现出来的，是一个男人所不知道的奇妙世界。

有时候，只有一个女佣来到更衣室。

在这种时候，会看到更加奇妙的景色。刚才还一脸天真地给我端茶倒水的女孩子，一旦独自一人站在镜头前，怎么会变成这副样子呢？女人就是魔鬼啊。我常常这样叹息。

六

但是我很快就对镜子里的平凡景象感觉厌倦了，就在这时，一个让我异常惊喜的人物出现了（而且后来在镜子里还出现了比这让人吃惊得多得多的事件）。她是一位十八岁的妙龄女子，是最近入住的一家人的女儿，看样子像是东京的有闲阶级，总是打扮得花枝招展的。她第一次出现在我的镜子里时，我感觉那微暗的玻璃中宛如盛开了一朵鲜艳的红罂粟一般。与她的漂亮穿着一样，人也长得罕见的美丽。而且，比她的穿着更美的是她的身体。她有着像西洋女人一样丰满的肉体，樱花瓣一样娇艳的肤色，已经足以让我吃惊了。更让我吃惊的是，她在镜子面前还有一个奇怪的癖好。

在走廊上遇见她时，她装得优雅端庄的样子，可是当她一个人站在镜子前时，简直胆大得判若两人。

我第一次见识了年轻女性这般迷恋自己的身体。而且她那大胆的肢体动作也让我大开眼界。

详细描述这些，与下面要讲的故事关系不大，故而省略。总而言之，由于她的出现，我终于从无聊的日子里被拯救出来。

不久，为了进一步提升窥视镜的观测效果，我又一次于深夜潜入浴室，在安装在高大的通风窗户缝隙中的镜头前面，又加了一个有望远镜功能的镜头，使得穿衣镜的中心部分犹如近在眼前一般。于是，我屋子里二寸见方的镜面里出现的脱衣处镜子前面的人影，有时是全身照，有时则是身体的一部分变得就像电影里的特写镜头那么清晰了。

这是多么奇妙的感觉呀！人体的一部分映在只有二寸见方的镜面

上，竟然会变得那么巨大，没有玩过同样游戏的人，是无论如何也想象不出来的。那里就像微暗的水族馆中的玻璃水槽表面，突然漂浮出白色鱼肚皮的感觉，就像那样忽然间浮现出人的皮肤来。那是多么可怕，却又多么具有诱惑力啊。我就是这样，每天都百看不厌地盯着那个镜子，享受偷窥的快感。

七

那个姑娘几乎每天都来浴室，但是不知什么原因，有一天，直到深夜也不见她的影子。我无聊地看着那些并不想看的裸体，不知不觉就到了深夜。按照以往的习惯，此后直到深夜十二点女佣洗澡的一两小时之内，镜子里是不会有人影出现的。

我死了心，钻进早已铺好的被窝里。于是，从来没有留意过的隔着一个房间的对面房间发出的喧闹声，今天听起来却格外地吵人。在乡村艺伎的刺耳的三弦伴奏下，女人尖细的声音和男人们的破锣嗓子合唱着粗俗的小调，甚至敲起了大鼓，听声音似乎是个人数众多的聚会，走廊里不时响起女佣匆忙的脚步声。

反正也睡不着，我又爬出被窝来到镜子跟前。我心里盼着能幸运地看到那个姑娘，看到镜子上映出一个女人的背影。但我一眼就看出她不是那个姑娘，可又看不清是谁。由于她处于镜子边缘，只映出她脖子以下的部位。从身体的肌肉来看像是年轻的女子，好像刚从浴池中出来，正在擦脸的样子。

突然，只见那女子的后背有什么东西唰地一闪。我仔细一看，大吃一惊，原来有个东西在那里蠕动。那是从镜子一角伸出的一只男人的手，手中握着一把短刀。女人浑圆的身体和她前面的男人的一只手，因距离近的关系显得很大，充满了整个镜面，就像水族馆里的水槽那样黑乎乎的。一瞬间，我怀疑自己是不是出现了幻觉。因为实际上，我的神经常常是这么病态的。

但是，继续看了好一会儿，那幻觉一直没有消失。非但没有消失，那寒光闪烁的短刀正一点点地向女人逼近。也许是太紧张吧，男人的手可怕地颤抖着。女人似乎并没有察觉，仍旧慢悠悠地擦着脸。

这情景既不是做梦也不是幻觉，毫无疑问，此时此刻浴室里即将发生杀人案了。我必须尽快阻止其发生。可是，对于镜子里的影子，我又能如何呢？快，快，快，我的心脏剧烈地跳着。我想喊叫，可是舌头僵硬，一点也发不出声音。

就在此时，镜面如同划过一道闪电般唰地一亮，紧接着鲜红的血顺着镜面，滴滴答答地流了下来。

直到今天，我都无法忘记那惊悚的画面。一方面是对面房间的热闹宴席上男女合唱的陈词滥调，加上敲鼓声、打拍子跺脚的噪声，震得屋顶都快塌了；而一方面是黑暗中模糊的镜子里发生的杀人事件，二者形成了多么怪异的对比啊。在镜子里，鲜血从女人雪白的背部咕嘟咕嘟地流淌着，好像走开了似的从镜面上消失了。不用说，女人是倒下去了，但是从窥视镜里听不到一点声音。镜面上的男人的手和短刀停留了片刻后，也后退似的从窥视镜里消失了。只有男人手背上的一条伤痕样的黑色痕迹留在了我的记忆里。

八

好一会儿，我呆呆地躺着没有动，我并不觉得镜子里看到的血腥场面是真实发生的事，那只不过是自己病态的错觉，或是看到了西洋镜里表演的那种魔法似的。但是仔细想想，无论我的脑子多么有问题，也没有理由看到那样清清楚楚的幻觉啊。一定是发生了什么恐怖的事件，即使没有发生杀人案，也是与此类似的事件。

我侧耳倾听着，等待着楼下走廊上传来奔跑声或嘈杂的说话声。其间，我不经意地看了一眼手表，时针正好指向十点三十五分。

但是，左等右等，一直没有听到任何声音骚动。隔壁房间里的喧闹声也不知怎么忽然变得悄无声息了，房间里顿时静了下来，只有手表的嘀嗒声显得格外响亮。我犹如追逐幻觉一般又去窥视镜子，更衣室里冰冷的穿衣镜里只有墙壁和架子的暗淡白光。刚才短刀扎得那般快速，涌出的血那么多，所以即便被害人没死，也一定伤得很重。镜子里的图像虽然听不到声音，但被害人一定发出了可怕的惨叫声吧。我徒劳地目不转睛地盯着冰凉的镜子，试图从中听到那尖叫的余音。

奇怪的是，住在这里的客人们怎么会这么安静呢？或许他们没有听到女人的尖叫声？也可能是浴室入口厚重的门与女佣们所在的厨房距离远，遮蔽了女人的惊叫声。果真如此的话，在这座湖畔亭旅馆中，只有我一个人知道这个恐怖的杀人案了。当然，我一定要把这件事告诉大家。可是我该怎么告诉他们呢？除非我公开这个偷窥镜的秘密。可是，我怎么好意思暴露这个怪癖呢？岂止是不好意思，这种常人根本不能理解的奇怪装置，说不定会被他们与杀人案联系起来考虑也未可知。生性胆小怕事、优柔寡断的我是无论如何也不敢冒这个险的。

虽说如此，我又不能这样干等着。在这短短五分钟的时间内，我被从未有过的焦躁煎熬着，坐立不安。实在受不了了，我猛然站起来，也不知道去哪儿就走出房间，从旁边的宽楼梯上跑了下去。楼梯下面的走廊呈“丁”字形，一条通向浴室，一条通向大门，另一条则通向最里面的宴会厅。当我急匆匆地跑下楼梯时，迎头碰见了一个从通向里面宴会厅的走廊走过来的人。

我看他穿着笔挺的西装，像个风光的实业家，外套一件颜色淡雅的风衣，敞着前襟，前胸处露出粗大的金链子。他右手提着一只沉甸甸的最大号皮箱，左手握着一根粗大结实的金属手杖。已是半夜十一点了，那个人却要离开旅馆，而且还拿着重重的行李箱，有些不太正常。更奇怪的是，迎面碰上他的时候，我自然是吃了一惊，可对方则是一副十分惊恐的样子。他吓了一大跳似的想立刻返回去，但又改变主意，表情极不自然地故作镇定地从我面前走过，匆匆朝大门走去。

那人后面还跟着一个侍从模样的男人，也是一身西装，手里提着同样的行李箱。

我已多次说过，我是一个非常内向的人。所以即便住旅馆也很少走出房间，因此对其他客人几乎一无所知。除了那位打扮讲究的城市女孩和另一位青年男子（他是一个多么让人惊叹的男人，随着故事的推进，读者自会明白的），对其他人我一概漠不关心。当然了，通过窥视镜我看见过所有住宿的客人，但是哪个人住在哪个房间，长什么样子，什么打扮，我根本不记得。所以刚才碰到的吓了我一跳的那位绅士，我记得好像见过一面，却没有什么印象，对他的怪异行为也就没有特别感兴趣。

当时的我已经无暇怀疑那个半夜三更离开旅馆的旅客，只是兴奋得不知所措，以至于连自己该朝走廊的哪个方向走都不知道了。然而我又没有勇气把这件事告诉其他人。由于窥视镜的缘故，我觉得自己成了罪犯似的，心里惴惴不安起来。

九

可我也不能总是这么呆呆地站在那里，便决定先去看看浴室的情况。

我穿过昏暗的走廊，走到浴室一看，入口处厚重的西式门紧闭着。可以想见，对于生性胆小的我来说，要打开这扇门，是一件多么可怕的事情。犹豫不决了很久，我终于鼓起勇气，一寸一寸地慢慢打开门，一边把眼睛贴在缝隙处向里窥探，可笑的是，也不知我为何如此害怕，那里面不但没有坏人，更没有什么想象中的女人尸体。空无一人的更衣室在白色的灯光下，如同墓地一样静寂。

我终于把心放回肚子里，打开大门，走进了更衣室。心想被那般利刃所刺，地上一定会留下很多血迹。没想到，擦得锃亮的木地板上，竟然没有一点血痕。那么也就不必打开浴室的毛玻璃门察看了。

我惊愕极了，呆呆地伫立着，真是见了鬼了，我仿佛被狐狸精附了体。

“啊，我的脑袋好像越来越不正常了。产生了那样的幻觉，我以为真，还这样神经兮兮地跑来察看。我究竟为什么要做这种奇窥视镜呢？”冒出这种想法时，我恐怕就已经发疯了。

与刚才完全不同的另一种恐惧让我不寒而栗。我不顾一回自己的房间，钻进被窝里。我闭上眼睛，祈祷着刚才发都是梦。

斜对面房间刚才安静了片刻，此时犹如嘲笑我的愚蠢锵咚锵地闹腾起来。即使盖着被子，也能听到那些刺耳的声音，根本别想入睡。

于是乎，我又不知不觉思索起了刚才的幻觉。认定那是幻觉的前提，就是承认我的脑子有问题，这太可怕了。而且，我越冷静地思考，越是觉得自己的大脑或眼睛不像有那么严重的问题。“说不定是谁搞的恶作剧吧。”我甚至冒出这样的念头。

然而这样荒唐的恶作剧，是谁，为了什么要这么做呢？是为了吓唬我吗？可是在这湖畔亭，我并没有这般亲密的朋友啊。而且，还没有人知道窥视镜的秘密啊。再说了，那短刀、流血，又怎么可能是恶搞呢？

这么说，还是自己的幻觉吧？可是不管怎么想，我也不觉得那是幻觉。更衣室里没有血，有可能是因为被害人脚下恰好有衣服什么的，血滴在衣服上，或者血没有多得流到地板上来的缘故吧。问题是被害人伤得那么重，又怎么能即刻离开浴室呢？她的叫喊声或许被二楼上的吵闹声淹没，旅馆里的人没有听到，但是，受了那么重的伤，她不可能离开这里时不被任何人看到啊。最重要的是，她需要马上看医生。

我这样思来想去，一夜都没有合眼。虽说只要告诉旅馆里的人，就不会这么瞎琢磨了，无奈有窥视镜的这个软肋，又不敢那么做，只能自己这么憋着了。

十

第二天早上，从楼下传来人们起来的动静，我才有了点精神。心想洗把脸或许心情会好一点，便拿着毛巾下楼去了盥洗室。碰巧盥洗室就在浴室旁边，我就借着早上的光亮，重新察看了一次更衣室，还是没有发现任何异常之处。

洗完脸一回到房间，我就打开面向湖水的拉门，深深地呼吸起了早晨清新的空气。湖面的景色是多么开阔啊。一望无际的湖面上，泛起绉绸般细密的波纹，升上山头的太阳照在湖面上，波光闪烁。湖水背靠的群山背阴处，被阳光折叠成壮观的阴影，那山体的黑色与湖面的银色，以及飘曳在山与湖色之间的一抹朝霞。虽然在这里住了很长时间了，但是由于常常睡懒觉，所以难得看到这样美丽的景色。与这让人心旷神怡的景色相比，我这一夜的恐怖又是多么龌龊啊。

“今天您怎么起得这么早啊!”

背后一个女人调侃道，回头一看，原来是女佣端来了早饭。我虽然没有一点食欲，还是坐下吃早饭。我一边拿起筷子，突然想再次确认一下昨晚发生的事。早晨清爽怡人的气氛让我也想多说话了。

“你没听说什么吗？昨晚我好像听到浴室那边有人尖叫，是不是发生什么事了？”

我用轻佻的口气这样问道，然后左一句右一句地试探着问了很多，可那女佣是一问三不知。她回答我，客人中没有人受伤，也没有听附近的村民说起过。那个受伤的人不可能到现在还没有被人发现，如果连消息灵通的女佣都没有听说此传言的话，那么昨晚的事就更有可能是一场噩梦了。于是我越发担心自己的脑子是不是出了什么问题。

吃了早饭后，也不好接着睡觉，我就坐在房间里闷闷不乐地想心事，这时，突然来了一个访客。就是前面提到的那个青年。他也住在这家旅馆里，名叫河野。这个人物可以说是本故事的主人公，因此这里有必要对他稍加介绍。

我只不过在浴室，或是湖边见过他两三次，他好像和我一样，也是性格忧郁的人，我常常看到他茫然地凝视着周围的景色。因偶然一次和他搭话，我发现我和他的性格极为相似，都喜欢独自沉思或者埋头读书，不喜欢和大家凑在一起瞎聊天。我对他这一点颇有好感。但是他似乎并非是个像我一样的虚无主义者，对于人际关系，持有某种幻想。而其幻想并不是那种自以为是的乌托邦，而是更切实（对于社会却是危险的）更现实的东西。总之，河野是一个与众不同的人。

在职业与物质方面，他也与我大相径庭。他是西洋画家，即便从外表上看，也看得出他绝不属于富有的阶层。听他说话的口气，好像是边卖画边旅行的。他住的房间也是一楼的走廊尽头最不方便的一间。不知这地方有什么东西吸引着他，迄今为止，听说他经常来H山里，所以他对这一带的情况很熟悉。听说这次他也是在山下的小镇上流连了几日，比我稍早一些入住湖畔亭的。他就是这样边旅行边考察各地的风土人情，知道了各种珍奇逸闻。在旅途的闲暇时，他就埋头读带来的书，有四五本已经被翻得发黑的深奥的书经常摆放在他的案头。

我这样说，故事越发有些拘谨了，那么关于河野的介绍到此为止吧，再接着说那天早晨他登门拜访我的事吧。

他一进我的房间，便一个劲地打量我的脸。

“你怎么了？脸色这么难看。”他问我。

“因为昨晚没睡好。”我若无其事地答道。

“是失眠吗？这可不行啊。”

然后我们像往常那样交谈起来，也说不上到底是谈话还是闲聊。可是渐渐地我对这种悠闲的对话感到烦躁起来。昨晚发生的事总是在我的脑海中挥之不去，根本没心思听河野那卖弄见识的侃侃而谈。就在我焦躁不安之时，突然萌生了“要不然跟这个人讲讲那件事，听一听他的看法如何”的念头。我总觉得他能够理解我，告诉他也无妨。所以，我便把昨晚发生的事一五一十地全都告诉了他。即便如此，当我坦白窥视镜的秘密时，仍觉得很难堪，好在对方非常善于听别人讲话，不知不觉中，连我这个胆小鬼也变得能说会道起来。

十一

河野对我讲的内容似乎很感兴趣，特别是窥视镜这种装置，让他感到异常兴奋。

“那个镜子到底是什么样的啊？”

我刚说完，他就迫不及待地问道。我取下披风，露出了窥视镜。

“啊，不错，不错，这东西果然很妙啊。”

河野不停地赞叹着，并贴在窥视镜上面看起来。

“确实可以看到那边的影像啊。正如你刚才说的那样，如果说是幻觉就是咄咄怪事了。不过，那个女子（大概是女子吧）按说最起码是受了重伤，到现在都没有人发现，也太不可思议了。”

然后，河野沉思了片刻，说道：“这也没什么可奇怪的。如果被害人只是受了伤，反倒奇怪了，假如那个女人死了的话，凶手是可以把尸体隐藏起来，将血迹擦干净的啊。”

“可是看到杀人时是十点三十五分，距离我去浴室只有五六分钟啊。在这么短的时间里，怎么来得及将尸体隐藏起来，再把地面打扫干净呢？”

“有时候也未必不可能啊。”河野意味深长地说，“比如说吧……算了，推测还是回头再说吧，咱们再去看一遍浴室怎么样？”

“但是，”我仍然坚持着，“没有发现谁失踪了呀？如果是这样，说那个女人死了也不对头啊。”

“眼下还不知道有没有人失踪。昨晚很多客人没有在这里留宿，加上非常混乱，说不定的确有人下落不明呢。而且，因为事情发生在昨天深夜，或许现在人们还没有发现呢。”

于是，我们还是先去看了浴室。我虽然认为不需要去看，但是强烈的好奇心，使河野不亲眼去看一下就不能安心。

走进更衣室后，我们关上门，打量起了这个铺着木地板的宽敞房间来。河野用锐利的目光（河野的目光有时候显得非常尖锐）盯着地面看着。

“这里每天一大早就进行打扫，所以即使有血迹，可能也被擦得看不出来了。”随后他突然发现了什么似的说道，“哟，这就怪了。这个脚垫平时不应该放在镜子前面的，它应该是放在浴室的入口处才对啊。”

河野边说边用脚尖将那一大块用棕榈做的脚垫踢回了原来的位置。

“啊，这是什么？”

河野发出惊奇的声音，我吃惊地朝他那边看去，只见刚才被脚垫盖住的木地板上，有二尺见方的一摊黑紫色痕迹。一眼就可以看出，那是擦拭过的血迹。

十二

河野从袖子里掏出手帕，使劲擦了擦那摊血迹样的东西。可是，看样子由于被仔细擦过，手帕上只有一点红点。

“很像是血色。感觉和红色墨水或绘画颜料不一样。”

然后，他又在四周仔细察看了一遍。

“你看这里！”

我顺着他指的方向看去，发现除了脚垫盖住的地方以外，还看到几处点状的血痕。有的在柱子或者墙壁下部，有的在木地板上，由于地板上已被认真地擦拭过，几乎已经看不清楚了，但如果认为是血迹的话，似乎的确有很多血迹样的污痕。而且顺着那点点血迹，可以清楚地看出受伤者或死者进入了浴室之中的痕迹。但是，受伤者之后又去了哪里呢？或者说被搬运到哪里了呢？由于那里面都是不断有水流冲刷的洋灰地面，所以看不出一点痕迹了。

“先告知账房吧？”河野兴奋地说。

“好吧。”我勉强同意，“但是窥视镜的事，拜托你千万不要提。”

“可是，它是很重要的线索啊。譬如可以证明被害人是女性，还有短刀的形状等。”

“我还是希望你替我保密。这不只是难为情的问题，我还担心那种有犯罪嫌疑的装置被人知道的话，给自己招来麻烦。要说线索，这血迹不是足以证明了吗？而且，即便没有我刚才的证词，警察也会调查清楚的。还得请你理解我的难处。”

“是吗？既然你这样说，我就不说了。好了，我现在去报告一下。”

河野说完便朝账房跑去了。留下我一个人，呆呆地站在原地，不知如何是好。想想真是一件可怕的事。我所看到的既不是做梦，也不是幻觉，而是真实的杀人案。从流血量看，正如河野刚才推测的那样，大概被害人已经死了，而且说明罪犯将尸体藏到什么地方了。更重要的是，被杀害的女人和杀人的男人（大概是男人）到底是谁呢？直到现在，旅馆里还没有发生骚动，由此不难推断，住宿的客人中似乎没有人失踪。但是谁又会特意从外面把人带到这里，然后把她杀掉呢？越想越百思不得其解。

过了一会儿，走廊里传来几个人急匆匆的脚步声。河野走在最前头，身后依次是旅馆老板、总管、女佣等人，来到了浴室。

“请大家不要嚷嚷。我们开旅馆的声誉很要紧，如果传出什么流言蜚语，生意会受影响的。”

胖胖的湖畔亭旅馆老板一走进浴室就压低声音说道。看到血迹后，老板极力否认道：“哪有什么血迹呀？这是洒在地上的什么液体吧。说什么杀人案，简直是无稽之谈。再说又没有听到叫喊声，也没听说有客人不见了。”

老板表面上一副不以为然的样子，心里却十分害怕。

“今天早上是谁打扫这里的？”老板转身问女佣。

“是三造打扫的。”

“去把三造叫来，不要惊动客人啊。”

三造是专门给浴室烧水的男人。据说平时就是个老好人，脑子有点不好使。他跟着女佣后面走进来时，就仿佛他是杀人凶手似的，脸色苍白，战战兢兢的样子。

“喂，你就没有看到这东西吗？”老板对他厉声问道。

“是的，一点也没有看到。”

“是你打扫的吧？”

“是的。”

“你怎么会一点也没有察觉呢？打扫卫生的时候，难道你没有把铺在地上的东西拿开看看吗？哪有你这样打扫卫生的？这么不肯卖力气……好了，以后要注意。昨晚你听到什么奇怪的声音了吗？你不是一直在锅炉房里吗？要是有什么喊叫声，应该能听到的。”

“哦，没有听到什么奇怪的……”

“你是说你没听见吗？”

“是的。”

没想到平时对我们满脸堆笑，说话细声细气的老板，对待仆人竟是如此蛮横，我很是反感。不过，那三造也实在是太窝囊了。

十三

之后，旅馆老板怕给旅馆带来不好的影响，不希望扩大事态，坚持认为不是血痕，而河野认为就是血痕，寸步也不退让，于是二人居然“就是血迹”“不是血迹”地争执了起来。

“你这位先生也太有趣了，只看到地上洒了什么液体，根本没搞清楚是什么东西就断定是杀人案，这么说话也太过分了吧。你是不是来我们家找碴来了？”

老板恼羞成怒。事情到了这个地步，我担心河野一气之下，把窥视镜的事说出来，紧张得不得了。因为无论多么不讲理的老板，只要举出这个证据，就会哑口无言的。

就在这个时候，一个女佣火急火燎地走了进来。她和同伴们已经都知道了血迹的事。此时大家的举止都变得不正常起来。

“老板，中村家打电话来了。”一个女佣气喘吁吁地说，“他说长吉还没有回来。”

这突如其来的报告使得局面急转直下，连老板也沉不住气了。这位长吉是山下附近小镇上的一名艺伎。昨天晚上确实被请到湖畔亭来了，之后就不知去向了。中村家以为她昨晚住在湖畔亭了（H山那种小地方，对这种事很宽松的），也就没有放在心上，所以现在才打电话来询问。

“我记得昨晚送走宴会厅的客人后，长吉就和其他家的艺伎一起上了车的。”

听到老板的责问，总管惊慌失措地答道。但是，他对自己的记忆好像也没有多少把握。

听到吵闹声，老板娘也来了。很多女佣都围拢过来，有的说见过长吉，有的说没见过，七嘴八舌的，到了最后，就连长吉昨晚是否来过都弄不清楚了。

“我肯定她确实来了。”一个女佣想起来什么似的突然说道，“十点半左右，我端着酒壶走在二楼的走廊上时，猛然听到十一号房间拉门咔嗒一声打开，长吉从里面跑了出来。她不是那个宴会厅请来的吗，我觉得奇怪，就一直看着她的背影。长吉好像被人追赶着似的，噔噔噔地朝那边跑了。”

“是啊是啊，我也想起来了。”另一位女佣接着说道，“那时我正好经过楼下的厕所，看见十一号房的那个大胡子走过来，特别厉害地问我刚才看到长吉没有。我告诉他没看见，他还特意去厕所里，打开单间门找了找。因为觉得太奇怪，所以我记得很清楚。”

听到这里，我也猛然想起了一件事，忍不住插嘴道：“十一号房的客人莫非就是那两个穿西装、拿着大行李箱的人？昨晚他们是很晚离开旅馆的。”

“是啊，没错。他们每个人拿着一只大行李箱呢。”

于是大家七嘴八舌地谈论起十一号房的客人来。据旅馆的总管讲，那两位旅客并没有预先告知，突然收拾好行李下楼来，在账房结完账，连车都没有叫就慌慌张张地离开了。不过，湖畔亭附近村子里有班车始发站，只要多付钱，随时都可以发车。他们大概是走到始发站去了。即便如此，他们离开旅馆时的慌张神色是极不正常的。无论是我所看到的他们的奇怪行为，还是刚才总管的话，以及长吉的下落不明，浴室里的血迹，再加上镜子里的影像与他们动身时间不可思议地一致，让人不能不觉得二者之间有着某种联系。

十四

对于此事的处理，这家旅馆的老板一直抱着大事化小的态度。他对大家说：“我作为旅馆的负责人，会妥善处理的，请各位先回到自己的房间去，尽量不要太声张。”连我和河野也被老板看作碍事者，不好对事件多加置喙，所以我们只好回到了我的房间。

我最担心的还是窥视镜装置被人发现，可是大白天又不能把它拆下来。

“真的，从这里也能看见他们在干什么啊。”

河野不了解我此时的心情，取下在窥视镜上的外套，又开始看起来。

“这个装置太棒了。喂，你看，老板那张没有表情的脸变得好大啊。”

没办法，我也只好看了一眼。果真如此，在镜子里映出胖老板的侧影，他正在说着什么，厚嘴唇一张一合的。他的侧脸被放大到了镜子的三分之一。

如前所述，通过窥视镜看到的景色，就像潜入水中看到的世界一样，视野特别浑浊，平添了无法形容的刺激感。跟案发时间也有关系，昨晚的恐怖记忆仍历历在目，因而我看着镜子里的老板那张麻风病一般的脸，觉得它马上就要滴答滴答地流出血来，实在看不下去了。

“这件事你怎么看？”过了一会儿河野从窥视镜上抬起头问我。“倘若那个叫长吉的艺伎真的下落不明的话，十一号房的客人不是很可疑吗？我知道那两个男人是四五天前住进来的，平时不怎么出门，虽说经常召艺伎来，也没有发出什么声音，一般都很安静，也不知他们在里面干什么，反正一点也不像普通的游客。”

“可是，即使他们多么变态，也不至于会杀死当地的艺伎啊。况且，就算是他们杀的，又能把尸体藏到哪里呢？”我努力打消涌上心头来的可怕念头，随口说道。

“或许沉到湖底了吧。或者是……你知道他们带的行李箱到底有多大吗？”河野问道。

我心里猛然一惊，可又不能不回答他。

“就是一般使用的行李箱中最大的那种。”

河野听了，意味深长地和我四目相对起来。不用说，他的想法和我是一样的。我们默默地互相对视着，因为彼此都觉得自己的想象实在太可怕了，无法说出口来。

“可是，普通的行李箱，根本不可能装下一个人啊。”

终于，脸色苍白的河野紧张兮兮地说。

“你别再说下去了。而且，是谁杀的，甚至到底有没有人被杀，现在都说不好呢。”

“虽然这么说，你心里想的也和我是一样的。”

我们又陷入了沉默之中。

最恐怖的是把一个人分别装进两个大行李箱里的想象。在浴室中或许可以神不知鬼不觉地处理尸体。因为在那里的话，不论流多少血，都会流进湖水中去。那么，他们真的是在那里将长吉的尸体切成两段的吗？一想到这里，我不禁感到一阵刺痛，就仿佛自己的脊梁骨被人砍了一斧头似的。他们究竟是用什么工具分割尸体的呢？是预先准备了凶器，还是从院子角落偷来了一把斧头呢？

或许一个人在入口处望风，另一个人在冲洗身体处，朝着妖冶的女尸举起了斧头。

各位读者，请不用嘲笑我这种神经过敏的想象。事后想来虽觉得很滑稽，但当时在我们脑海里浮现出来的，就是那样血腥的场面。

直到当天下午，案件终于有了点眉目。尽管中村家多方寻找，依然没有长吉的音讯。湖畔亭旅馆的账房前，村派出所的巡警，以及山下小镇上的警察署长、刑警等蜂拥而至。流言已经传遍全村，旅馆外面挤满了围观的人。尽管老板极力掩盖，湖畔亭杀人案已然闹得沸沸扬扬了。

不用说，我和河野作为案件的目击者，必须接受严厉的盘问。首先由河野详细陈述他看见血迹时的情形，然后，我也被传讯到警察署长面前，于是我再一次重复河野说过的话。

经过一番盘问后，署长好像突然发现了什么，对我问道："可是，你们为什么要去浴室察看呢？据说那时水还没有烧热，你们去那里干什么？"

我一下子回答不上来了。

十五

我担心如果此时不说实话，会给自己带来无法挽回的后果。说不定连我也会被怀疑与这起杀人案有什么牵连呢。考虑到这些，似乎还是把窥视镜的秘密说出来为好。但是，一想到自己偷看更衣室的事被湖畔亭的人们知道后自己将无地自容，就更加不堪忍受了。一时间，我不知该如何抉择。由于我生性内向，最终还是羞耻感占了上风，明知非常危险，还是选择了撒谎。

“我以为把肥皂忘在了更衣室呢。当然后来发现并没有在那里。只是早上洗脸时，没有找到肥皂，就突然想到会不会丢在了更衣室里，所以去了那里，结果偶然发现了地面上的血迹。”

我边说边不露声色地给旁边的河野使眼色。万一他回头说出实情可就大事不好了，所以我必须现在阻止他。他很敏感，当然领悟了我的眼色的含义。

此后，从湖畔亭旅馆老板，到总管、男女用人，以及住在这里的客人，悉数接受了调查。检察官还未赶到，现在还不是正式调查，因此大家也不需要互相回避，所有人都挤在一个房间里，一个挨一个地接受讯问，所以我得以旁听到了所有人的陈述。

河野接受了我的拜托，说的和我的口径一致，我听了心中一块石头落了地。老板和旅馆里其他人的陈述都没有什么新东西，和我们刚才听到的一模一样。将这些综合起来分析，警方好像也只能怀疑拿皮箱的那两个男人了。

毋庸置疑，警方对作案现场又进行了一番非常细致的调查。我们俩作为发现者，也跟着一起去勘察了现场。一位老练的刑警一看到木地板上的痕迹，就立刻断定是血迹。事后知道，考虑到负责此案的检察官的意见，警方为了慎重起见，将采取的血样送到当地的一所医科大学做了检查，结果发现这位刑警的鉴定丝毫无误。可以断定那血迹不是动物血，而是人血。

接下来，根据刑警的推断，从血量分析，被害人大概已经死亡，凶手一定是在浴室里的混凝土地上处理尸体的，这些判断都与我和河野这样的外行人的想象没有太大差别。

警方在浴室周围和被列为嫌疑人的那个男人住过的十一号房间都进行了细致的勘察，没有发现任何凶器或其他遗落在现场的物品之类的线索。

关于假定被害人长吉的身份，恰好她的主人、中村家的老板娘赶到了湖畔亭，从她那里了解到一些详细情况。当时，老板娘满嘴跑火车地讲了好多有关她的事情，然而，并没有什么值得我们参考的可疑线索。

大约一年前，长吉因为想换一家主人，从当地一个叫N的小镇来到了中村家。此前的情况姑且不谈，她来到中村家之后也没有什么异常。要说她的特点，就是作为从事色情业这个行当的女人来说，个性不算太开朗吧。在男女交往上，除了一般的熟客之外，她没有其他特别要好的男人。

“昨晚，她被这家旅馆的大宴会厅叫去陪酒。正好葛家的艺伎阿治也在场。她是八点左右离开小镇的，离开时也没有异常，听说在宴席上陪酒时也和平时没有什么两样。”

老板娘的证言，说到底不过是这样唠唠叨叨的话。当时，警察署长问她，对于长吉和拿皮箱的男人（住宿登记的名字是松永某某，侍者模样的男子叫木村。但是因二人至今杳无音信，所以也没有多大必要叫出他们的具体姓名）之间的关系，有什么特别的地方没有，她只是说长吉曾陪松永某某喝了两三杯酒。除了已知道的事实之外，没有说出一点新情况。根据旅馆总管以及艺伎阿治的证言，松永与长吉只是客人与陪酒的关系。

十六

总之，对于询问老板娘的结果没有超出我们已经掌握的情况范围。不仅如此，由于我没有说出窥视镜的事，所以在某种意义上，关于此次事件，应该说警方比我们知道的更少。例如作案时间，我们确切地知道是在十点三十五分，而他们只是根据女佣看见长吉和松永的异常行为，推断凶杀案大约就在那时发生的。

因此，他们决定暂且从搜索嫌疑人松永的行踪着手。确切地说，直到此时为止，就连是否发生了杀人案都没能够确定。从更衣室的血迹，长吉的下落不明，以及松永突然离开等迹象，也只能对案件进行大致的推测。但是眼下无论是谁都知道，破案的先决条件，就是要先找到松永。

幸好河野认识村里的巡查，所以我们对于警方后来的办案态度，及搜索的进展情况等大致可以把握，知道对湖畔亭旅馆的调查一结束，警方立刻开始搜索松永的下落，却一无所获。搜索主要根据我和旅馆总管描述的有关他们出走时的打扮，寻访了沿道路两侧的村子和小镇。奇怪的是，符合“穿西装、手拿皮箱”这个条件的人从未露过面。除此之外，松永其他一些特征，也就是肥胖、蓄着胡子了，因此如果他们将皮箱藏起来，巧妙地伪装一下，在人们的眼皮底下逃掉也不是不可能的。

阻碍松永他们逃跑的最大麻烦，不用说就知道是那个惹人注意的皮箱了。他们肯定在中途悄悄地将皮箱扔掉了。警察也注意到了这一点，尽量同时搜索皮箱，但最终还是没有获得满意的结果。

此后数日，警方雇用了村里的人，附近的一座座山就不用说了，连湖底也搜了个遍（靠近湖岸的地方，湖水比较浅，而且水很清澈，划条船绕湖一圈，湖底一览无余），依然毫无收获。于是人们渐渐觉得案件可能会搁浅了。

然而，这些只是表面现象，实际上，暗中还发生了更为不可思议的事情。

下面再回到案件发生的第二天，即对湖畔亭展开调查的那天夜里。虽说可以暂时避免窥视镜被人发现，我还是放心不下，打算趁着黑夜把装置拆下来，坐立不安地等着人们都入睡。

当警察们在浴室附近取证时，我的心都提到嗓子眼儿了。尽管有树木遮挡着，但是只要去屋顶底下向上看，那灰色的圆筒必然会引起怀疑。万幸的是，警察们一直盯着地面，察看有什么东西掉落，或是有没有可疑的脚印等，根本没有注意到上面。所以，我的那个装置逃过了一劫。

但是，到了明天，警方大概会进行更为周密的调查，而且不是一天两天就过去的事。今晚无论如何都要将装置拆下来，否则实在是放心不下。

那天夜里，因为发生了案件，旅馆里非常热闹。与平时相比，直到很晚，众人的说话声还不绝于耳。过了午夜十二点，人们才终于都睡着了。但是我觉得还是小心为好，一直等到一点左右才行动。在等待期间，我也不时地看窥视镜，留意更衣室中有没有人。当我慢慢地爬出窗外，正要动手拆卸窥视镜的时候，又无意中瞅了一眼镜子，突然发现一个可怕的东西在镜子里蠕动。

那是与昨晚见到的完全一样的男人手指的放大。手背上也有着同样的一道伤痕，从粗壮有力的手指来看，整体印象与昨晚见到的完全一样。

那手指一闪，便不见了。当然这绝对不是在做梦，也不是幻觉。由于事出突然，加上恐惧，我凝视着已经没有了任何影像的镜面，在那里发了很久的呆。

十七

直到清醒过来，我立刻奔向浴室。然而这里和前天晚上一样，没有丝毫异样。因为案件的关系，浴室已经暂停营业，人们害怕得不敢靠近浴室，所以更衣室里越发地冷清，看着阴森森的。猛一看，黑色木地板上的难以分辨的血迹格外扎眼。

我仔细听了一会儿，没有任何声音。整个旅馆已然万籁俱寂，除了刚才见到的镜子里的可怕的手之外，没有人还没有睡。而且，距我刚才看到镜子上的人影的时间很短，说不定那个人还躲在哪个角落里呢。想到这里，我害怕极了，赶紧逃出了浴室。可是，回到房间，我又如何能平静呢。虽说如此，要是把旅馆里的人都叫醒，向他们说明真相的话，就必须说出窥视镜的秘密了。此时此刻，我真的后悔当初警方调查时，没有把事实真相说出来。

不过，我又不能继续坐以待毙，只好把拆卸镜头的事推后，慌慌张张地去找唯一可以商量的河野。我不客气地将正在睡梦中的河野叫醒，尽量压低声音，向他说了一遍事情的经过。

“这可真是怪事，”河野一脸惊奇地说，“凶手怎么可能特意回来呢？而且，你只看到了那个人的手，怎么能断定他就是昨天的凶手呢？”

听河野这么一问，我才意识到这一点。因为粗心，我还没有告诉过河野，凶手手上的那个伤痕的事。还有自称松永的男人，或他的同伴的手背上到底有没有那道伤痕呢？一想到这些，我真是自愧不如，太愚蠢了，竟然从来没有想到过这么重要的问题。

“是吗？手背上有那样的印记吗？”河野显得非常吃惊。

“有的，估计是右手吧。有一条很粗的斜道，好像是紫黑色的。”

“如果你没有看错的话，那就越发离奇了。”河野半信半疑地说，“不要说旅馆的那些人，这里的客人我也仔细地观察过，并没有发现谁的手背上有伤。就连那个拿手提箱的男人好像也没有。你是不是把手背上的阴影，看作是伤痕了？”

“不会，那可比阴影要深多了。即使不是伤痕，也是类似伤痕的什么痕迹吧。我绝不会看错。”

“果真如此的话，这倒是一个非常重要的线索啊。可是这样一来，案件就越来越让人不明白了。”

“今天遇到这件事，我就更担心那个秘密装置了。我想今天务必把它拆下来，可是总觉得杀人凶手就隐藏在装置附近，觉得很可怕。”

“你还是想保密啊。其实这是一条很不错的线索。不过你能告诉我，真是找对人了。说实话，我想自己来侦破这个案子。突然对你这样说，你或许会觉得奇怪，我很早以前就对破案特别感兴趣呢。”

这也许只是我的猜测吧，看起来河野自然不愿意把窥视镜的事告诉别人，想自己独占这个秘密。最有力的证据是，他对我说：“既然你这么说，我可以帮你这个忙。”后来他果真帮我把镜子装置拆了下来。

那是一次相当危险的作业。半夜三更，附近房间里空无一人，这一点倒是可以让我们放心地干活，可是刚才镜子中映出手背的那个男人，此时或许就潜伏在院子里，难保不加害于我们。何况正在调查此案的警察也很难说没有在附近设埋伏。我们像猴子似的一边攀着树枝往前爬，一边观察着院子里的动静，提心吊胆地干活。

因为是用厚纸做的圆筒，每一处都安装得很简单，所以拆卸起来也不费事。当我们完成了拆卸任务，沿着屋顶爬回到房间的时候，只听到背后传来一声喝问："谁？"

原来是河野喊的，他好像是发现了什么。

我定睛一看，在院子那边的角落里蹲着一个黑影，其身后是微微泛着暗光的湖水。

"谁呀？"河野又大喊一声。

那个黑影突然站起来，嗖地躲在了房子后面，随后撒腿跑掉了。那围墙并不严实，只要沿着湖岸，就可以逃到任何地方。河野见状，从屋顶上跳下来，向黑影追去。

事情就发生在一瞬间，眨眼的工夫，逃跑的人和追赶的人都不见了踪影。

惊吓之余，我趴在屋顶上好半天不敢动，姿势就别提多难看了。转念一想，刚才河野跳下去的声音说不定已经被旅馆的人听到了。倘若如此，我必须马上回到自己房间。如果这个奇怪的纸筒被别人发现的话，我的所有苦心将化为泡影。更麻烦的是，我该怎么解释半夜三更爬到屋顶上这件事呢？

我急忙跑回房间，把怀里抱着的东西一股脑地都藏在箱子最底下，一下子钻到被窝里。然后躺在被窝里，心惊肉跳地倾听外面的动静，会不会有人叫喊。

但是，听了好一会儿也没有听到什么声音，我才放下心来。但是，又突然担心起了河野的处境。

“没抓到他。”

不久，随着树枝沙沙作响，窗外现出了河野的身影。河野一进入房间，就坐在我的枕头旁边，向我汇报追赶黑影的经过。

“那家伙跑得太快了，到底还是让他跑掉了。不过我捡到了一件东西。就是说，又找到了一件新的物证。”

十八

河野边说边小心翼翼地从怀里掏出了一样东西。

“就是这个钱包。”

我仔细一看，是那种带金属拉链的很高档的对折式钱包，鼓鼓囊囊的。

“这东西是那个家伙逃跑时丢掉的。因为天太黑，我没看清楚那个人的模样。钱包正好掉在浴室后门，那儿有灯光，我才看到的。我敢肯定是那个家伙丢掉的。”

于是我们十分好奇地打开了钱包察看，一看到里面的东西，不禁大吃一惊。钱包里并没有名片或者其他可以证明那个人身份的证件，全部是纸币，而且大多是崭新的十元纸币，总共大约有五百元。

“这个钱包说明了刚才那个男人，很可能就是拿皮箱的那个绅士。因为只有那个男人才配得上用这样的钱包。”

某种极其神秘莫测的东西在我的脑子里弥漫着，情急之下冒出了一个念头。

“这也太奇怪了。如果他就是杀人凶手的话，这个时候为什么还在附近转悠啊？从他逃跑可以断定，他不是警察，而是与案件有关系的人。不管怎么说，太奇怪了。”河野一边琢磨一边说。

“你一点都没有看清那家伙什么样子吗？”

“没有，那人转眼之间就跑得老远，就像蝙蝠在黑暗中飞一样。之所以有这种感觉，可能是因为他穿着和服的缘故吧。他好像没有戴帽子。从后面看，好像个头很高，又好像很矮，记不得了，奇怪死了。那家伙顺着湖岸跑出了院子后，就逃进了那边的树林里去了。那个树林很深。我追过去一看，根本看不见踪影。”

“那个拿皮箱的男人（就是叫松永的那个人），是个胖子，刚才那个人给你感觉胖吗？”

“说不清楚，但我觉得不像是一个人。这是我的直觉，但我认为此案或许还有一个我们所不知道的第三者。”

听河野的口气，他似乎感觉到了什么，我不禁打了一个冷战，我也和河野有着同样的感觉。这桩杀人案中，大概还隐藏着什么不为人知的可怕的秘密。

“有可能留下脚印吧？”

“没有脚印。最近两三天一直是晴天，地面非常干燥。而且，从院内到院外长满了杂草，很难分辨出脚印。”

“那么，眼下只有钱包这个线索了。只要能查出它的主人就好办了。”

“是的。天亮之后，咱们就马上问问看别人，说不定有人看到过。”

就这样，我们几乎彻夜未眠，谈论这起令人亢奋的案件。我不过是像个喜欢听故事的孩子一样，出于对恐怖事件的好奇心，而河野似乎对侦探犯罪案件有着浓厚兴趣，从他的说话中就看得出他具有异常敏锐的判断力。

看来，我们不仅仅是案件的发现者，无论是窥视镜中的人影，还是今天夜里发生的一切，以及我们获得这个确凿的钱包物证，都说明我们手中握有连警察都不知道的各种线索，这让我们愈加兴奋。

“一定很痛快的，要是我们自己能查出凶手的话。”

我已经无须再担心窥视镜的事了，所以也放松下来，居然模仿着河野的派头，来了这么一句。

十九

“钱包先放在我这里吧。天亮之后，立刻让旅馆总管和女佣辨认一下到底是谁的。”

河野说完，回了自己的房间时，天已经快亮了。我自然是把搜索的事全权交给河野，自己只是坐等消息就可以了。不过，在他带来新消息之前，我还想再睡一会儿。刚才因为只顾跟河野说话，我一直穿着睡衣坐在被子上，现在虽然躺在了枕头上，可是一旦兴奋起来的大脑，越想睡就越是睡不着。翻来覆去的工夫，四周渐渐亮起来，楼下传来女佣打扫卫生的声音，我再也躺不住了。

我惴惴不安地起了床，走到曾装过窥视镜的窗户旁，打开窗户，借着晨光再次察看镜头装置是否留下了什么明显的痕迹。大概由于大脑过度疲劳吧，自己虽然认为不会有什么大问题，却又觉得可能有什么想不到的疏漏，心神不宁的。很快我就发现这都是自己杞人忧天，就连固定纸筒的铁丝都一根不剩地取走了，什么痕迹也没有留下。

这回我完全放了心，把目光转到昨晚那个可疑的人站过的地方。从二楼的窗户向下看，离得太远看不清，不过正如河野所说的那样，地上似乎没有任何脚印。

“可是，说不定有些地方的土是松软的，未必没有留下那个家伙的脚印。”

真是有意思，我看见河野如此热衷于侦查凶犯，自己也出于不服输的心理，心血来潮地想寻找一下脚印。还有一个原因就是，由于整夜胡思乱想和睡眠不足，头隐隐作痛，趁此机会，也想呼吸一下屋外的新鲜空气。于是我连脸都没有洗，直接从楼下的檐廊下到了后院，装作散步，走到了浴室的后门。

令我失望的是，地面果然很坚硬，即使偶尔有松软的地方也长满了杂草，没有发现一个清晰的脚印。可我还是不死心，继续沿着湖边朝院子尽头走去。

突然看见院子四周作为院墙栽种的杉树林中有一个人影。我猛地一惊，人影很快向我走来。因为是大清早，我完全没想到会在这种地方遇到什么人，吓得呆住了。就好像遇见的是昨晚逃跑的那个人似的，我害怕地注视着他的一举一动。

但是仔细一看，对方并非什么坏蛋，原来是湖畔亭旅馆烧洗澡水的三造。

“您早啊。嘿嘿嘿……”

三造一看见我，就傻呵呵地向我打招呼。

“啊，你早。”我回道。突然觉得这个人或许知道点什么，便叫住了正欲离开的三造，若无其事地和他交谈起来。

“最近不烧洗澡水了，没事干吧。说起来，这件事也真是不得了。”

“啊，出什么事了？”

“你一点不知道出了人命的事？”

“是啊，一点不知道。”

“前天晚上，你有没有听到浴室里有什么声音？浴室和锅炉房仅一墙之隔，而且还特意留出缝隙，方便观察里面的情况，按说你应该能察觉到什么呀。”

“唉，不过我当时没有留意。”

三造好像是害怕受到牵连，从昨天开始，不管问他什么，他的回答都是含含糊糊的。或许是心理作用吧，我总觉得三造像隐瞒了什么似的。

“你平时在哪里睡觉？”我突然想起了一件事，这样问。

“就在锅炉房旁边的那间三铺席小屋子里。”

顺着三造指的方向，只见浴室后面有一间堆满煤炭的昏暗房子，房子隔壁有一间连窗户都没有的铺着草席的小屋，就像乞丐住的小破屋一样。

“昨晚你是睡在那里的吗？”

“是啊。”

“那么，昨晚深夜两点左右时，有没有什么异常？我好像听到了奇怪的声音。”

“啊？并没有什么声音啊。”

“当时你没醒吗？”

“是啊。”

如果他说的是真的话，那么就连昨夜他们追赶可疑人的动静也没有吵醒这个傻瓜的梦了。

虽然从三造口中已经没有什么可打听的了，可我还是不想就此离开。我目不转睛地盯着三造。奇怪的是，三造也显得不知所措，木呆呆地站着。

三造身穿一件破旧的外衣，衣领上印有“湖畔亭”的字样，下面穿着针织收腿裤，旧得膝盖鼓鼓的。他把脸刮得很光，与他穷酸的穿着很不相称，这不免引起了我的注意。我突然想到，这种男人也刮胡子吗？尽管三造非常愚笨，可是这样稍稍修饰一下，还算是个看得过去的男人，只是他那狭窄的富士额头有点难看。

二十

随后，我又不由自主地看他的手腕，可是没有看到一点伤痕。自从案发以来，我就常常注意看人家的手腕了。或许这个毛病又犯了吧，当然，我并没有怀疑这个傻乎乎的三造。

然而，当我打量他的时候，突然想到了一个问题。

“从昨天开始，不管别人问什么，这家伙都说什么都不知道。是不是人们的提问方式有问题呢？所有人问他的时候，都没有说是什么时间案发的。不说明杀人的具体时间，只是一味地问他有没有听到什么声音，他怎么可能好好回答呢。如果说明时间的话，这个家伙或许会说出点什么吧。”

于是，我决定只把时间的秘密告诉三造一个人。

“杀人案大约是发生在前天夜里十点。”我尽量压低声音说道，“当时，我听到从浴室那边传来奇怪的叫声，你没有听到吗？”

“是吗？十点左右？”三造似乎想起了什么，表情显得清晰了一些，说道，“要是十点半，那还差不多。老爷，当时我恰好不在浴室，在厨房里吃晚饭呢。”

我详细一问，他解释说，由于活计的特点，睡觉时间比别人要晚，因此吃饭时间也比其他雇工要晚得多。他要估计住在这里的客人都洗完澡以后，才吃晚饭。

“可是，即便是吃饭，时间应该不会太长吧。在那么短的时间里，有可能发生凶杀案吗？如果你是一直留意里面的话，饭前或饭后，应该能听到什么声音的。”

“是吗？可是没听到声音啊。”

“那么你去厨房之前或从厨房回来之后，看见澡堂里面有人没有呢？”

“哦，这样说来，我从厨房回来的时候，好像有人在里面。”

“你没有看看是谁吗？”

“没有。”

“那么，当时是几点？是不是十点半左右？”

“记不清了。我觉得还要晚一点吧。”

“听到了什么样的声音？是冲澡的声音吗？”

“是的，好像哗哗地用了很多水。冲澡那样费水的人，只有我们家老板。”

“那么，当时冲澡的是你们家老板吗？”

“这个嘛，感觉不像是他。”

“感觉不像？你怎么知道不是？”

“因为咳嗽声不像我们家老板。”

“那就是说，听咳嗽声是你不认识的什么人吗？”

“啊，不是。感觉好像是河野老爷的声音。”

“什么？河野？就是住在二十六号房间的河野吗？”

“是的。”

“这是真的吗？你能肯定吗？这可是事关重大呀。的确是河野的声音吗？”

“是的，我敢肯定。”

三造很自信地答道。可是一时间我不知是否该相信这个傻家伙的话，非常惶惑。他的语气这么肯定，与起初一直含糊其词的态度相比感觉有些突然。于是，我又重复着问了一遍刚才的问题，想确认一下三造不靠谱的记忆，结果，不知为什么，三造一口咬定冲澡的人就是河野，却又拿不出任何有力的证据来，到底也没能让我完全相信他的话。

二十一

对于这起事件，我一直就有个疑问。听了刚才三造的告白，更加深了我的疑问。即使是傻三造，浴室里既有烧火夫专用的出入口，又有查问水温是否合适的窥视窗，所以如果三造当时在锅炉房里，他一定会发现凶杀案的。凶手明知如此，还那样无所顾忌地杀人（或是切割尸体），未免也太愚蠢了吧？

或许凶犯是事先知道三造何时不在而行凶也未可知。即便如此，仅仅利用他吃晚饭的那点时间，怎么可能干出杀人这么大的事呢？这不是太不可思议了吗？三造听到的冲水声，会不会是凶手不知道三造已经回来，冲洗浴室水泥地上的血水的声音呢？是否真的发生了如此穷凶极恶的噩梦般的命案呢？更让人费解的是，听三造说，冲澡的人是河野。照此推断的话（虽说过于荒唐），那凶手不是别人，正是河野自己，难道说他是在侦查自己吗？我越想越觉得此事不可思议了。

我呆然伫立，陷入长时间的迷茫之中。

“原来你在这儿啊，我找了你半天了。”

我被这声音吓了一跳，抬头一看，眼前的三造不知什么时候变成了河野，“你在这里干什么？”河野盯着我的脸，问道。

“啊，我来找昨晚那家伙的脚印啊。但是什么也没有找到。正好烧水的三造在这里，顺便向他打听了一下。”

“是吗？那家伙说了些什么？”

河野听说是三造，颇有兴趣似的问道。

“什么也说不清楚，没法子。”

我有意省略了与河野有关的内容，把三造的话大致重复了一遍。

“那家伙很奇怪啊，很可能不是个省油的灯，咱们不可轻易地相信他噢。”河野说道，“关于上次那个钱包，已经找到物主了。是这家旅馆的老板的。听说四五天前就丢了，一直在找。可是到底丢在哪里了，他自己一点也想不起来。总之，问了一下女佣和旅馆的总管，都说钱包肯定是老板的。”

“就是说这是昨晚那家伙偷的钱包？”

“可以这么说吧。”

“那么，昨晚那家伙和拿皮箱的男人是不是同一个人呢？”

“不知道。要是同一个人的话，他既然已经逃跑了，何必昨晚又回到这里来呢？有这个必要吗？这不是很莫名其妙吗？”

我们又这样讨论了一会儿。每当有一个新的发现时，案件反而变得愈加复杂了，丝毫看不到侦破的曙光。

二十二

我到底还是被卷入杀人案的旋涡之中了。在拆掉窥视镜装置之前，我恨不得不管预定的逗留日期，也要早日逃离这个不吉利的地方。可是当我拆掉了装置后，自己可以置身事外的时候，我好奇的天性又迅速膨胀起来，甚至冒出了一个狂妄的念头，我要和河野一起，利用现在掌握的情况侦查犯人。

那时，附近法院也派出一些官吏来察看了现场，确认了浴室里的液体就是人血，Y町的警察署一直大张旗鼓地侦查着。虽然声势很大，但搜查工作似乎没有取得进展。听河野认识的村里的巡警朋友告诉我们的那些办案情况，就连我们这些门外汉都觉得不耐烦。警察的无能刺激了我是原因之一，而河野对侦查的热心也激起了我的好奇心。

我回到房间，仔细琢磨起了刚才从烧火夫三造那儿听来的那些情况。三造说他吃完饭回来时，发现浴室里面有人，似乎比较可信。而且从时间上推算，那个男人与凶杀案有关也可以说很接近事实。可是，据三造说，那个人就是正跃跃欲试地和我一起进行侦探的河野。

“难道说，河野就是那个杀人凶手了？”

突然，我感到一种难以言说的恐惧。如果浴室里没有流那么多的血，或者即便有许多红色液体，也只是颜料或其他动物的血的话，考虑到河野与众不同的个性，也可以认为是他搞的恶作剧。不幸的是，已经断定那血迹就是人血，而且从擦拭后的痕迹可以推断出，流出的血量足以致人死亡。所以，如果当时在浴室里的人真是河野的话，那个可怕的凶手就只能是他了。

可是，河野出于什么动机要杀死长吉呢？他又怎么可能处理尸体呢？想到这些，我实在无法把他与罪犯联系在一起。首先，那天晚上追赶可疑人，难道不是足以证明他无罪吗？而且，按照一般人的常识，犯了杀人罪，根本无法想象还能满不在乎地留在现场搞什么侦探啊。

三造只是凭着几声咳嗽，就断定那人是河野，但人的耳朵常常会听错，更何况是三造这个愚人呢。不过，当时浴室里确实有人，这一点似乎是事实。三造说洗澡那样费水的人，只有旅馆里的老板。那么，不就说明凶手不是河野，而是湖畔亭旅馆的老板吗？

仔细想想，黑影丢掉的钱包也是老板的。只是旅馆里的用人都知道老板丢了钱包，很难想象那个影子和老板是同一个人，不过，无论是三造的说法，还是他那种不会撒谎的憨傻，都让人不能不起疑心。

但是，最可疑的莫过于那两个拿皮箱的绅士了。处理尸体……两个大皮箱……这里面隐藏着可怕的疑问。莫非三造描述的那个人既不是河野，也不是旅馆老板，难道是那个提皮箱的男人？

说到那两个提皮箱的男人，警方已将他们列为唯一的嫌疑犯，全力进行了追查。然而，这两个人深更半夜离开了湖畔亭旅馆之后，改变成什么样的装束，从什么地方如何逃出去的，没有一点线索。没有一个人看见过那两个提皮箱的穿西装的男人。他们是不是逃到很远的地方去了？或者还潜伏在附近的山里呢？从昨天夜里那个奇怪的人影推测，或许真的就潜伏在附近的什么地方。我只觉得莫名其妙的恐惧，或许那个穷凶极恶的杀人犯就在某个角落里（说不定近在咫尺）蠢蠢欲动呢。

二十三

那天傍晚，我突然有个想法，便把山下小镇上葛家的艺伎阿治叫来了。我叫她来并不是想听三弦，也不是对她这个女人有什么兴趣。只是因为听女佣说，她和死去的长吉是最要好的朋友，就打算向她打听一下有关长吉的身世。

“好久没见了。”

已半老徐娘的阿治，还记得我过去曾经叫过她一次，一见面就很亲热地笑着问候道。这很有利于我进行下面的问话。

“三弦先收在一边吧。你今天就休息休息，咱们边吃边聊怎么样？”我马上这样说道。

听我这么一说，阿治微微收住笑容，露出不解的神情，但很快便明白了我的意思似的，又换了一副笑容，很随意地坐在矮桌的对面。

“要说长吉姐可真是可怜噢。她和我是最要好的姐妹了。听说浴室里的血迹是河野和您发现的啊。因为害怕，我根本没敢看。”

看样子，她也和我一样，想聊一聊杀人案的事。因为她是被害人的朋友，我则是案件的发现者。我就和她随意地这么喝着酒，很自然地达到了我想要了解情况的目的。

“你认识那两个拿皮箱的嫌疑人吗？他们和长吉到底是什么关系呢？”

聊了一会儿，我看火候差不多了，就直入主题地问道。

“那个十一号房的先生，每次必叫长吉姐，好像是她的熟客呢。”

“长吉有没有在他那里留宿过？”

“她说一次也没有过。我经常从长吉姐口中听到关于那两个男人的情况。不过，和他们的关系没有亲密到对方非要杀死她的程度。首先，他们是初次来这里的客人，而且还不到一个星期，这么短的时间，根本不可能那么亲密啊。”

“我只看见过他们一眼，那两个男人到底是什么样的人呢？长吉对你说过他们什么没有？”

“没怎么说过。也就是一般的客人啦。只是说他们很有钱，想必长吉姐看到过他们的钱包吧。长吉姐说钱包鼓鼓的，她可吃惊了。”

“哦，那么有钱吗？可是看他们在寻欢作乐上好像并不那么奢侈啊。”

“是啊，总是叫长吉姐一个人，而且听她说，也不让她弹三弦，老是忧郁地说话。旅馆总管说，他们是很奇怪的客人，每天关在房间里，从来不出去散步。”

关于拿皮箱的绅士，阿治没能提供什么新的线索，于是我就把话题转向了长吉的身世。

“还是因为长吉有自己中意的人吧？”

“是啊，”阿治微笑着说，“长吉姐不爱说话，来这里的时间也不长。所以就连我也不了解她的心思。怎么说呢，她这个人有些死心眼。干我们这行，她这种性格很吃亏的。所以说，尽管具体情况不太清楚，但根据我的观察，她好像没有什么意中人似的。她是个很本分的女孩子，不大适合干这一行。”

“她有没有什么包养她的客人？”

“您的口气就像前几天那个警察似的。”阿治夸张地笑着说，“那倒是有啊。他叫松村，是附近的山林主人的儿子，那可真是一往情深噢。我说的是松村家的儿子。最近甚至放出话来，说他要为长吉姐赎身呢。可是长吉姐特别不愿意被赎身，就是不吐口。”

“有这样的事？”

“是啊。而且就在长吉姐被害的那天晚上，二楼大宴会厅的客人中间就有松村。平常是个很老实的人，可是一喝酒就胡闹，当着大家的面，把长吉姐折腾得好苦。”

“折腾她？”

“是啊，乡下人粗暴得很，他把长吉姐打了一顿。”

“不至于是他吧，”我开玩笑道，“把长吉杀死的人。”

“哎呀，您说得也太可怕了。”大概是我用词不当，阿治吓得连忙解释，“那倒是不会的。我也对警察这样说了。直到宴会结束，松村一直没有离席过。而且回去的时候，和我坐的是同一辆车，所以没有丝毫值得怀疑的地方。”

我从阿治那里打听到的也就是这么多了。从她的话中，我又发现了一个可疑的人物。尽管阿治说在宴会期间松村从未离开过座位，但是满座的人都喝得醉醺醺的，阿治恐怕也醉了吧，因此她的话是不是都可以相信，还不敢说。

吃完饭，送走阿治后，我呆呆地坐在没有收拾碗筷的矮桌前。脑海里走马灯似的浮现出一张张面孔——手拿皮箱的男人，河野追赶的人影，湖畔亭旅馆的老板，刚刚听说的那个松村青年，再加上那个河野，对于这些人，虽然没有什么确凿的证据，但他们个个都很可疑，让我感觉很可怕。

二十四

当天夜里发生了一件事。一度关闭的浴室，因湖畔亭旅馆老板以影响生意为由，请求警方通融，那天又开始营业了。送走阿治后，我胡思乱想了好久，直到晚上九点左右，才好歹想去浴室洗个澡。

更衣室木地板上的血迹已经被刮干净了，被刮出来的雪白木纹，反而显得很诡异，让人清晰地想起前天晚上的杀人血案。

因为发生了人命案的缘故，大多数客人已吓破了胆，纷纷离开了旅馆，只剩下河野、我，以及另外三个结伴来的男客人。那位曾经被我从窥视镜偷看过的我最喜欢看的城市女孩一家，也于案发次日匆匆退房了。客人少，加上还没到佣工们洗澡时间，所以浴池里的水很清澈，身体浸泡在水里，连脚指甲都看得很清楚。

除了不分男女外，这里的浴室与城里的澡堂相比也毫不逊色。宽大的浴池、空荡荡的冲洗处，高高的天花板，浴室中央吊着白晃晃的电灯。虽然是夏天，整个氛围却给人阴冷的感觉，以至于眼前仿佛闪过在浴室水泥地上切割尸体的情景。

我一个人泡着无聊，突然想起了由于上次谈话，熟悉起来的三造，他曾说过锅炉房和浴室仅一墙之隔，便打开窥视窗的挡板看他在不在。

“三造？”我喊道。

“来了。”三造答道。

从巨大的灶口一角露出了他那张木讷的脸。他的脸在红彤彤的炭火映照下散发着红黑色的光，给人感觉很异样。

“水真热乎呀！”我说。

“嘿嘿嘿嘿嘿……”三造在昏暗处，憨憨地笑着。

我突然感觉到了什么，便关上小窗挡板，马上从浴池出来，站在冲洗处擦拭身体。这时我突然发现眼前的毛玻璃有一条缝，从缝隙处可以看见前天夜里那个家伙逃进去的森林一角，就在那片黑暗中，我看见一个白色光点一闪一闪地移动着。

我以为是自己看错了，便停下擦拭的手，盯着那里仔细看，那个白点换个角度，又闪了起来。看样子，好像有什么人在森林中徘徊。

由于当时那种情况，我立刻联想到昨天夜里逃跑的人。如果能弄清那个男人的真面目，所有的悬念就迎刃而解了。我无法抑制自己的强烈好奇心，急忙穿上衣服，绕路朝森林走去。途中我顺便去了河野那里，不知他去了哪里，屋子里没有人。

那天夜晚没有星星，在黑暗中，我循着微弱闪灭的光亮，一步步摸索着前行。事后想想，连自己都不敢相信，我天性那么胆小，那时竟然如此胆大。不过，当时由于功名心作怪，我几乎已经痴迷了。其实，我并不是想要抓住什么坏人，只是想在没有危险的前提下靠近他，看清那个家伙的真面目。

我前面也说过，出了湖畔亭旅馆的院子，就是森林的入口处。我躲在一棵棵大树后面，提心吊胆地一步步向光亮处靠近。

走了一会儿，果然看见一个朦胧的人影。他正打着手电筒，专心地看着地面，好像在找什么东西。那人到底是谁呢？因为离得太远，看不清楚。我再次鼓起勇气向那个男人走过去。幸好，树枝密密层层的，只要不发出声音，就不用担心被对方发现。

我渐渐地靠近了那个男人，对方的衣服条纹，还有他的脸形都依稀可辨了。

二十五

那个奇怪的男子像老人一样弯着腰，手拿一把小手电筒，好像在找什么东西，在草丛里走来走去。由于他的手电筒角度的变化，他有时像个漆黑的剪影，有时像个白色的幽灵。而且，当他突然把手电筒换到另一只手时，周围的树枝犹如令人毛骨悚然的活物一样动了起来。当我处于手电筒亮光的直射时，赶忙躲到树干的后面。

可是，手电筒的光亮毕竟只有豆粒那么点，而且，他拿在手中不停地摇晃，要看清楚他的模样实在困难。不得已，我选择了一处绝对安全的位置，就像逼近敌人的士兵，会利用一个个掩蔽物一样，我凭借一棵棵大树遮挡，一点一点地逼近他。

深更半夜在森林里找东西已经很异常了，加上此人又是从未见过的城里人打扮，更让我感到百思莫解。我自然想到前天夜里那个河野没有追赶上的男人。他和那个人会不会是同一个人呢？

但是，我怎么也看不清楚那个人的相貌。尽管我离他只有不到两米的距离，可是由于太黑，无论怎么着急也看不清楚。那天晚上风很大，整个森林都在沙沙作响，即便发出声响，也不用担心会被对方听到。因此，对方一点也没有察觉到我，仍然在一个劲地找什么东西。

过了好长时间，我跟着忽左忽右的手电筒光亮，耐心地监视着那个男人的举动。那个男人似乎怎么也找不到自己想要找的东西，终于死了心，直起腰，突然关掉了手电筒，只听到一阵沙沙的走路声，我心想，绝不能失去这个目标，便立刻随后跟踪。虽说是跟踪，在黑暗中，只能凭借对方踏在草地上发出的脚步声来判断其位置。可是因为风声太大，很难听到对方的脚步声。加上惊恐，使我这个初涉此道的人不知如何是好。在我不知所措的时候，微弱的脚步声也渐渐消失了，我被孤零零地丢在了黑暗的树林之中。

好不容易才跟踪到这里，却又让对方跑掉，真是竹篮打水一场空。他应该不会跑到森林深处去吧。对方丝毫没有察觉到我在跟踪他，所以他一定是跑到乡镇子方向去了。想到这里，我立刻跑到了通往湖畔亭旅馆的乡间马路上。

在这小山村里，除了旅馆之外，很少看到有灯光的人家，漆黑的路上连个人影也没有。从远处随风飘来青涩的尺八[①]小调，大概是村里的小伙子吹的追分节[②]吧，曲音听起来倒也有些伤感的韵味。

我伫立在马路上，久久望着森林的方向。远远看去，犹如怪物般的大树们随风起伏着，越发牵动了我的思乡之情。刚才那个怪影，无论怎么等大概也不会出现了。

我足足站了有十分钟，觉得等不到那个人了，可还是有些不甘心，趁此机会，我想再去一趟河野的房间，如果他在的话，可以请他跟我一起去森林里找找看。于是，我急忙跑回旅馆，胡乱甩掉鞋子，跑过走廊，一到他的房间，就哗的一声拉开了门。

二十六

“哟，请进。”

幸好河野已经回来了。他看到我，一如往常地笑脸相迎。

“我跟你说，刚才森林里又有一个奇怪的人影，一起去看看

---

① 尺八，中国古乐器，以管长一尺八寸而得名。竹质，外切口，五孔（前4后1），属边棱振动气鸣吹管乐器，在日本得到很好的传承。其音色苍凉辽阔，能表现空灵、恬静的意境。

② 日本民谣的一种。

吧。”我急切地小声说道。

“是上次那个男人吗？”

“有可能。刚才那个人在森林里，打着手电筒找什么东西。”

“你看见那人的相貌了吗？”

“怎么也看不清楚。现在那个人可能还在那里转悠呢，去看看吧。”

“你去前面的那条马路上看过吗？”

“是的，除此之外没有其他路可逃啊。”

“那么，即使现在去了，也是徒劳吧。因为那家伙不可能朝那条路跑的。”

河野话中有话地说。

“你怎么知道的？你是不是知道什么？”我不解地问。

“嗯，实际上，范围已经缩小到某一点了。但还差一点，再缩小一点，就知道答案了。”

河野非常自信地说道。

“你说范围已经缩小，是什么意思？”

“就是说，这次杀人案的凶犯绝不是从外面进来的。”

“你是说犯人就在旅馆里吗？”

“我想可以这么说吧。如果凶手是旅馆里的人，他就可以从森林绕到后门，所以不会朝马路方向逃的。”

“你是怎么查出来的呢？凶手到底是谁？是旅馆老板还是雇工？”

“还差一点，再耐心地等一等。从今天早上开始，我就一直在拼命地侦查。而且，已经有了大概的目标，但是还不能轻率地说出此人的名字来。请你再稍稍等一等。”

河野的态度一反平日，故弄玄虚的。我虽感觉不快，但好奇心占了上风，便继续追问道。

“你说是旅馆的人，那就奇怪了。其实我也怀疑一个人，恐怕就是你所说的那个人，但是好多地方实在弄不明白。首先就是不明白尸体是怎么处理的。”

“的确如此。”河野点头说道，“对这一点，我现在也没搞清楚。”

从他的口气可以看出，他也在怀疑那个可疑的钱包的主人，即湖畔亭旅馆的老板。他一定掌握了比我所知道的更确切的证据吧。

“还有那个手背上有伤痕的男人。我注意观察了一下，旅馆里的人，还有住在这里的客人中没有一个人手上有伤痕。”

“关于伤痕，我给出了另一种解释。我想应该是对的，但是，还不能最后断定。”

“那么，对于拿皮箱的男人，你怎么看？现在看来，那两个人最值得怀疑。无论是长吉从他们房间逃出的事，还是他们到处寻找长吉，或是他们的突然离开，都值得怀疑。况且，他们还提了两个巨大的手提箱。”

“不过，我觉得那或许只是个偶然。我今天早上也想到了这件事。你发现凶杀案是夜里十点三十分吧。后来，距离你在一楼碰见他们，大约过了多长时间？听你说，好像也就是五分钟到十分钟吧。”

“是的，最多十分钟吧。”

“这就是出错的地方。我为了慎重起见，曾向旅馆总管核实过他们离开房间的时间。总管的回答和你一样，说是五六分钟。这么短的时间里，又要处理尸体，又要把尸体装进皮箱里，谁有这个本事?即使不把尸体装进皮箱，光是杀人、擦拭血迹、隐藏尸体、准备出走等， 五分钟到十分钟之内是绝对不可能办到的。怀疑拿皮箱的男人是凶手，简直太可笑了。”

听他这么一说，觉得有些道理。我的猜想是多么荒唐无稽啊。警方由于没有发现我的错误判断，再加上女佣们的证词，便轻率地将提皮箱的男人作为了怀疑对象。

“追逐长吉这种事，在艺伎与醉客之间也是常有的。先入为主的话，得出的判断就会有偏差。突然离开旅馆，可能是因为他们有急事，至于与你撞上，大惊失色也很正常。无论是谁，冷不丁地碰上什么人，不是都会感到吃惊吗？”河野若无其事地说。

之后，我们为曾经判断出错谈论了一会儿。我因为自己的失策，觉得在河野面前很没有面子，反反复复说自己可笑。结果，连探讨真正犯人的时间都没有了，最后我只好暂且回到自己的房间。

当时，听河野说话的口气，我认为他一定是怀疑湖畔亭旅馆的老板，我也是一直这样和他对话的，可是后来才知道并非如此。也就是说，我这个人，在这个故事中，自始至终一直扮演的是小丑的角色，根本就不配自称业余侦探。

二十七

之后的三四天里并没有发生什么值得一提的事情。河野每天都出门去什么地方，什么时候找他都不在。对他这种将我排除在外的态度，我非常反感，加上上次自己的失策，觉得很丢面子，所以我也不想再像从前那样，假扮什么侦探了。话虽如此，又觉得将这离奇的案件抛之脑后，一走了之又未免有点遗憾。于是，为了河野的那句“请再等一下”，我又继续住了下去。

另一方面，如上所述，警方开始对那两个拿皮箱的男人进行了大范围的搜索，森林中、湖水边都没有漏掉，却一无所获。其实根本没有必要让警方这么大费周章，只要我告诉他们自己对时间的判断有误就好了。可是河野说，这也可以搜索被害人的尸体，不要阻止他们了。我也觉得他说得有道理，所以一直没有对警方说出这个秘密。

我每天可做的事，除了一有机会，便留意旅馆老板的行踪，再就是拜访河野。然而，老板的举动没有什么特别可疑之处，河野大多不在房间里。那几天的等待，对我来说简直就是一种煎熬。

那天晚上，我也估计河野不会在家，漫不经心地打开拉门一看，出乎意料的是，不但河野在，还有那位村派出所的警官。他们好像正在认真地谈论着什么。

“啊，你来得正好。请进吧。”河野看见我犹豫不决的样子，开朗地招呼道。

若是平时，我肯定会自觉离开，但是因为话题好像与案件有关，我抑制不住自己的好奇心，便没有再客气，进了屋。

“这位是我的好朋友，不是外人，请继续说吧。”河野边介绍我，边说。

“正如刚才所说的，关于湖对面村里来的那个男人的事，”警官接着说道，“在我来这里的途中，正好经过那个村子，听到村子里人们在议论，说是在两天前的深夜，有人闻到了一股怪味。后来发现，不仅那个男人，村子里还有许多人也这么说。我问是什么气味，说是很像火葬场里的那种味道。可是这一带根本没有什么火葬场，真是奇怪得很。”

“是焚烧尸体的那种气味吗？”河野似乎非常感兴趣，两眼发光地问道。

“是的，就是焚尸发出的气味。就是那种怪怪的特别臭的味儿。听他们这么一说，我突然想到了这次的杀人案。大家不是正为尸体失踪而一筹莫展吗。所以我认为这焚烧尸体的怪味与案件似乎有某种联系。”

“这两三天风刮得很厉害。”河野似乎想到了什么，充满信心地说，“刮的是南风。没错，连续刮了两三天的南风，就说明了一个问题。”

“为什么这么说呢？”

“闻到气味的那个村子，不是正好位于这个村子的南面吗？”

“对，是在正南面。”

“因此，如果在这个村子里焚尸，由于猛烈的南风，气味必然会飘到湖对面的村子去。”

“但是，果真如此的话，比起那个村子来，这里的气味不是应该更大吗？”

“那可不一定。如果在湖岸焚尸，由于风大，气味就被全部吹散到湖面上。在这个村子里反而不会闻到什么气味，因为处在上风嘛。”

“但是，焚尸也能不被人发现吗？这怎么可能做到呢？”

“具备某种条件的话就可以做到啊。例如在浴室的火炉里烧的话……”

“啊？你说在浴室？”

“是的，浴室的火炉。到今天为止，我一直没有叫你们，单独一人侦查这个案件，几乎查到了凶手。只是由于我至今还不知道尸体的下落，所以没有讲出实情。现在听你这么一说，我全明白了。”

河野得意地看着我们二人惊诧的神色，转身拉开皮包，从皮包里拿出了一把短刀。这把刀没有刀鞘，又黑又脏，长约五寸，白木刀把。看到这把刀，我不禁大吃一惊。因为窥视镜里看到杀人场景时，那个男人手握的就是这样的短刀。

“你记得这把刀吗？”河野看着我问。

“记得，就是这种短刀。”

我一不小心说漏了嘴，当我意识到警官也在场时，非常后悔，窥视镜的秘密可能也要暴露了。

“怎么样？既然已经说出来了，”河野趁着我失言，继续说道，“总有一天大家都会知道的，而且如果不从窥视镜说起，就等于我是在撒谎了。”

仔细一想，河野说得也有道理。为了说清楚我见过的短刀、凶手手背上的伤痕，从时间上证明那两个拿皮箱的男人无罪，以及拆窥视镜时发现的怪影等，还有其他种种问题，如果不坦白窥视镜的话，似乎不大合适。

“其实，那是我搞的无聊的恶作剧。”我迫不得已地说道。既然是坦白，就不能让河野说了，我打算自己说得委婉一点。

“我在旅馆浴室的更衣室里安了一个奇妙的装置。就是利用镜子和镜头的折射，我在房间里就能偷看到更衣室里的情况。当然，我并没有什么恶意。只是闲得无聊，就把学校里学到的有关镜头的知识应用了一下。”

我尽量不涉及自己的变态嗜好，说得轻描淡写的。因为太出乎意外，警官显得有些理解不了，经我再三解释，他才好歹明白了个大概。

“由于这个缘故，关于最重要的时间问题，我一直隐瞒着，非常抱歉。警方开始调查的时候，因为一直没有合适的机会，我就没有说出来。还有一个原因是，由于我搞的是这种奇怪的装置，万一被人误解，说我与本案有什么牵连的话，可就麻烦了。但是，刚才河野君说已经知道了罪犯，我也不必再担心了。想看的话，回头我可以给你看一下装置。”

“下面就是我搜查罪犯的结果。”河野向警官讲解起来，“首先请看这把短刀。刀尖上粘有一些污痕。细看的话就可以看出这是血迹。”

由于又黑又脏，不仔细看，看不清楚，刀尖上粘着黑乎乎的血痕样的东西。

“这是一把与镜子里同一类型的短刀。刀尖上有血迹，因此可以肯定这把刀就是杀人的凶器。而且，我记得在什么地方见过这把刀。”

河野煞有介事地说到这儿不说了，来回看着我们俩的表情。

二十八

河野一只手拿着有血迹的短刀，注视着我们。突然间，我的大脑里接二连三地闪现出这把短刀的主人即犯罪嫌疑人的容貌。提皮箱的男人，旅馆的老板，长吉的那位主顾，拿手电筒的男人……最终留在我脑子里的，还是那个贪婪的湖畔亭旅馆老板。我确信河野即将说出来的凶手的名字就是他。然而万万没有想到，河野说出的名字，竟然是一个我认为根本不可能的人，因此一直将他排除在嫌疑犯之外。

“这把短刀是在浴室伙房角落的那个黑暗的隔板上找到的。那个搁板上堆放着很多三造的物品，积满了灰尘。里面藏着一只肮脏的白铁皮箱，放的地方很不起眼。箱子里装着许多怪异的物品。现在那些东西仍然原封不动地放在里面。有漂亮的女人钱包、金戒指、很多银币等，还有就是这把血腥的短刀……不用说，这把短刀的主人就是烧洗澡水的三造。”

村里的警官和我，都一声不响地等着河野继续往下说。仅凭这些证据，就断定那个傻子三造是凶手，显然很难让人相信。

“而且，凶手也是三造。”河野非常从容地继续说下去，“此案值得怀疑的人很多。第一嫌疑人就是拿手提箱的那两个男人；第二嫌疑人是那个叫松村的年轻人；第三个人是这家旅馆的老板。关于第一嫌疑人，警察已经展开了全力追捕，但现在依然去向不明。不过怀疑那两个拿手提箱的人，从根本上就错了。”

为此，河野再次就向我解释过的时间上的不合理性做了说明。

“关于第二嫌疑人松村，警方已调查取证过，没有发现任何疑点。因为他和艺伎阿治同乘一辆车回家后，没有任何可疑的行动。他没有处理尸体的时间，可以说明他不是凶手。而且，最主要的是他没有杀死自己喜欢的女人的作案动机。另外，那个可疑人丢失的钱包，确实是旅馆老板的，不过事情仅此而已。后来经过调查证实，那天出事时，他正在自己房间里睡觉。不但他的老婆及旅馆里的雇工口径一致，就连他的孩子也这么说。孩子是不会撒谎的。”

对于前天夜里的那个奇怪的人影，河野也顺便进行了说明。

“总而言之，可以肯定我们怀疑的那些嫌疑人都不是真正的凶手。我们往往容易忽略近在眼前的东西。即使三造愚笨得近乎白痴，警方也不应该丝毫不曾怀疑过这个烧洗澡水的人啊。即便是个烧火的下人，却并非附属浴池的工具啊。澡堂有两个出入口，就是说从锅炉房同样可以自由地出入更衣室。而且，从十点三十分开始，在五到十分钟内可以处理尸体的，也只有三造才具备条件。他有可能先将尸体藏在锅炉房的煤堆后面，等到深夜从容地进行处置。”

河野越来越像是在演讲似的，扬扬自得地侃侃而谈。

“但是，三造简直就是傻瓜一个，而且一直给人老实巴交的印象，所以，我开始也没有往他那儿想。我开始怀疑他是最近的事。昨天我在浴室的后面碰到三造时，突然发现他手背上有一条黑道，自然就想到了凶犯手背上的伤痕。那是一条很粗的黑道，和你曾经说过的手背上的伤痕很相似。我非常吃惊，但还是装作漫不经心的样子，问他是怎么弄伤的，他只是憨厚地‘唉’了一声，不住地搓手背，可是不管他怎么搓，那条黑道也擦不掉。就像是被灶间里粘了煤灰的什么东西给用力碰了似的。”

此时，河野有必要再次向警官说明窥视镜的映像。

“这说明，其实镜子里看见的伤痕只不过是和他手背上的黑道一样的煤灰。因为图像非常模糊，把一道煤灰错看成伤痕也不是不可能的，你说呢？”

听到河野问我的意见，我稍稍考虑了一下，说道：“事件发生得太突然，也有可能看错了吧……”

但是伤痕的印象仍旧鲜明地留在我记忆里。因此，我只觉得那不是煤灰。

“你在镜子里看到的，不是这样的手吗？”

说完，河野猛然将他的右手背伸到我面前，只见他的手背上有一条很长的黑色斜线。这黑线与我在镜子里看到的伤痕太相似了，我不禁叫了起来。

“没错，就是这样的。你怎么也有这样的伤痕？”

“这不是伤痕，这是煤灰道，特别像吧。”河野很欣赏地端详着自己的手。“因此之故，我才怀疑起了三造。我查看了刚才提到的那块搁板，当然是趁三造不在的时候了。结果就看到了那只白铁皮箱子。里面都是短刀等与三造平时所用物品不相称的东西。搜查那个搁板时，那搁板有两层，上下之间的间隔很窄，手伸进下层最里面时，上层内侧的横梁会擦到手背，如果碰到拐角的话，那里积存的煤灰就会在手上留下这样的痕迹。”河野比画着继续说道。

“因此，我就越来越怀疑三造了。而且，我还了解到了三造一个不为人知的恶习。那还是很早以前了，我来这里不久的事。一个偶然的机会，我发现三造是个不像外表那么老实的坏家伙。那家伙有个偷东西的坏毛病。有人把东西忘在更衣室里了，他便偷偷拿走。我曾经亲眼看到他拿别人东西。不过当时他偷的不是什么贵重物品，我就没有揭发他。可是看了铁皮箱，让我大吃一惊。他可真的是一个大贼呢。看他老实巴交的样子，人们都不防着他，往往这种人最可恶了。可以说是大家对他不加设防成了把他引向邪路的原因。而且，一般说来，白痴什么的往往有偷窃的毛病。”

二十九

“如果他真是凶手，应该尽快把三造抓起来呀。”

我的心已经飞到浴室去了。觉得河野这番说明太啰唆了，实在等不及了。那个乡村警官倒是很有耐心，一直很平静地坐在那里。

河野也是，明明可以回头再加以说明，可他还是喋喋不休地说着。

“三造的工作性质处理尸体最方便，他手背上的煤灰，带血的短刀，还有其他大量赃物，都说明他这个人是需要警惕的坏蛋。有了这么多证据，足以证明他就是凶手。那天早上，他打扫更衣室的卫生时，没有将放错位置的蹭鞋垫放回原处，也可以作为他的罪证之一。只是他的杀人动机，我怎么也想不明白。那家伙差不多就是个白痴，因此我们未必能想象到他的动机。他一看到醉酒的女人，就抑制不住冲动也说不定。也可能他偷东西的毛病被长吉发现，为了杀人灭口吧，总之各种可能性都有。无论何种动机，他是凶手这一点是毫无疑问的。”

“你的意思是说，他把长吉的尸体放进火炉里烧了？”警察难以置信似的插嘴问道。

“除此之外没有其他的可能。虽说是常人难以想象的残忍行为，但是不能不说那种人身上残留了许多我们祖先的残忍性。而且，他缺乏一旦事情败露会承担法律责任的理智，反而什么事都做得出来。他只是一个烧水的，遇到必须把尸体隐藏起来的紧急关头，想到火炉是很自然的。而且作为凶手藏匿尸体的手段，也不乏将尸体烧掉的例子。例如，著名的韦伯斯特教授将朋友杀死后，用实验室的火炉将尸体烧掉的故事；蓝胡子兰德尔[①]，把许多受害人放进玻璃厂的熔炉里以及他的乡间别墅的火炉里烧掉。这些故事你们大概都听说过。这个浴室的炉子，是正规的锅炉，有足够的火力。即使不能一次烧完，用三四天的时间，把手、脚、头，分别烧掉不是不可能的。况且刮着猛烈的南风（他这个白痴恐怕想不到这一点吧）又是在人们都进入梦乡的深夜。他将自己关在那间很少有人会去的小屋里，毫不费力地就可以十的。你们可能会认为这样推测太不可想象了，但是湖畔对岸的村里人闻到有火葬场的气味，又该如何解释呢？”

“可是，在锅炉房附近却一点气味也没有闻到啊？这不是太奇怪了吗？”

---

① 蓝胡子，也作青须公，是法国民间传说中连续杀害自己六任妻子的人，他家境优裕，长着难看的蓝色胡须。后人们用其指代花花公子、乱娶妻妾的人和虐待老婆的男人。

警官半信半疑地问道。我也觉得河野的说法难以服人。

“焚烧尸体一定是在人们都睡下后的深夜时干的。即使残留一点味道，第二天早上之前也被大风吹散了。炉灰一向是抛撒到湖中的，所以骨头什么的都不会剩下的。”

河野的推理简直是异想天开。虽说火葬场的气味确有其事，但是仅仅根据这一点就像河野这样妄下结论，未免也太离奇了。直到后来，我仍然无法打消这个疑问。不管尸体是如何处理的，三造就是凶手这一点，根据河野调查的事实，足以证明了。

“马上把三造抓起来审问一下吧。”

河野的宣讲终于告一段落，村子里的警官才从容不迫地站了起来。

我们三个人沿着庭院，朝浴室的锅炉房方向走过去。已经是晚上十点左右了。今晚又是一个狂风大作的暗夜。我感到胸口怦怦乱跳，说不清是因为莫名的恐惧，还是怜悯三造。

虽然是个乡村警官，毕竟也是干这一行的，一来到锅炉房门口，他就摆出一副行家的架势，身手敏捷地“啪”的一声打开门，冲进了屋内。

“三造！”

他的声音低沉，却十分有威严。可是，难得他如此勇猛，却没有收到一点效果。三造根本就不在屋子里。只有以前就认识的干杂活的老大爷，独自坐在熊熊燃烧的火炉前。

“你找三造吗？三造从昨天傍晚就不见了。不知道他去了哪里。现在老板让我替他烧火呢。”

老大爷惊恐地回答警官问话。

之后就热闹起来了。警官给山下的警署打了电话，立刻派来了一个搜索队。搜索队迅速出动，封锁大路两头。如此一来，三造有罪就变得越来越不可改变了。

第二天一早，就开始了正式的搜索。沿着大路两侧的森林、溪谷中，几乎找了个遍。河野和我自然也不能袖手旁观，分头加入了搜索队。搜索一直持续到了中午，终于找到了三造。

在距离湖畔亭五六百米的地方，进山的路旁的一条羊肠小道。沿着小道拐几个弯，走四里路，就来到一个深谷，一条不知名的河流由此发源。一条险要的栈道沿着山谷蜿蜒而去。一个警官发现在栈道最危险的地方有一些踩落泥土的痕迹。

在高达数丈的悬崖下，搜索的目标——三造躺在血泊中。悬崖下面都是岩石。大概是傍晚天色昏暗，他不小心从栈道上失脚摔下去的。紫黑色的血染红了岩石，惨不忍睹。这个重要嫌疑人，还没来得及坦白，就惨死在悬崖下了，这或许就是报应吧。

从死者怀里搜出了许多赃物，即河野在那个白铁皮箱里曾经看到过那些东西。很明显，三造是在逃跑途中意外死亡的。

搬运三造的尸体，检察官来现场检查，村里人议论纷纷，这样闹腾了一整天。警方还仔细检查了三造居住的锅炉房旁边的小屋，但是，没有发现任何焚尸留下的痕迹。

案件急转直下，似乎已经水落石出了。尽管对于被害人的下落，以及凶手的作案动机等还有诸多疑点，但无论是谁都不能否定三造的犯罪行为。对此案多少有点束手无策的法庭，或许三造这么一死，就会感到如释重负吧。检察官们不久就从山下的小镇撤走了。警方也不知什么时候停止了搜索。湖畔亭附近村落又恢复了往日的寂静。

最倒霉的是湖畔亭旅馆了，那天，有许多好事的客人跑到浴室里看热闹。有的说看到了长吉的鬼魂，有的说听到了三造的说话声，以讹传讹，就连住在附近的村民也对湖畔亭唯恐避之不及，最后连一个客人也没有了。听说现在附近又建了一家旅馆，曾经远近闻名的湖畔亭旅馆已经衰败了。

各位读者，上面讲的故事就是人们所知道的湖畔亭杀人案。A湖畔村民的传言，Y町警察署的档案，恐怕也不会超出我所叙述的范围。尽管如此，我这个故事的关键部分，实际上还在后面呢。当然，不会让诸位听得不耐烦的。所谓关键部分的内容其实只有一点点，二三十张稿纸就足够了。

案子了结后，我和河野立刻离开了这个恐怖的旅馆。自发案以来关系变得十分亲密的二人，由于方向一样，所以乘坐同一趟列车离开。我自然是去T市，而河野则是打算在不远的I车站下车。

我们两个人提着的是特大皮包。我提着那个藏着窥视镜的方形皮包，河野拿着很旧的那种长方形手提包。两人还都穿着和服。我们这个样子从湖畔亭出发，总觉得和那两个提皮箱的男人相似乃尔。

“不知那两个拿皮箱的男人怎么样了。”

由于联想到他们，我不禁对河野说道。

“谁知道呢？大概是碰巧没有被村民看到，离开这个村子了吧。反正已经不需要再搜查那两个家伙了。因为他们跟这次案件没有一点关系。”

然后我们登上了上行列车，驶离了这个给我留下许多回忆的湖畔小镇。

三十

“啊，终于可以轻松啦。你看这景色多美啊！被那个案件折磨得我们完全忘了欣赏这美景了。”眺望着窗外掠过的初夏风光，河野心情舒畅地说。

“你说得没错，简直是另一个世界啊。”

我随声附和道。不过，我内心对于本案如此出人意料的结局，总觉得有点不甘。例如，为了证明凶手焚烧尸体这种异想天开的推测，便准备了所谓火葬场的气味这个证据，而且刚刚判定了凶手，此人已变成了尸体。还有拿皮箱的两个男人（至少是皮箱本身）的下落竟然根本找不到等，越想越觉得哪里不对头。就拿眼前的事来说吧，此时坐在我对面的河野手里拿着的那个旧手提包就值得怀疑。手提包里不过是放了几本旧书、绘画工具，以及几件换洗衣服什么的，可是他为什么如此宝贝呢？每次打开之后都要上锁，还把钥匙装到口袋里。于是，我对河野的旧皮包产生了怀疑。连带着，河野的态度也让我心生疑窦。

大概觉察到我的样子有点奇怪吧，河野也显得警觉起来。而且，更可笑的是，虽然他非常巧妙地装出若无其事的样子，但是我知道，他的目光（应该说是他的心思）似乎被放在头顶网架上的那只旧皮箱中蕴藏的可怕力量吸引着似的。

这的确是一种奇妙的变化。在湖畔亭旅馆的十几天里，当我牵扯到杀人案之中的那段时间里，我不曾对他有过半点疑心，可是在案件总算告破，坐在回家的火车上时，我却突然产生了某种奇怪的感觉。不过仔细想来，世上的怀疑大多产生于偶然的契机吧。

不过，如果没有发生河野的旧皮箱从网架上掉下来这样的意外的话，我的这些似有似无的疑念或许会随着时间一起消失的。大概在急转弯的时候吧，由于剧烈摇晃，河野的旧皮包掉了下来。对于河野来说，这真是让人诅咒的意外。而且，更不走运的是，皮包掉下来的时候，本以为上着的锁，不知什么缘故没有锁好，竟然打开了。

皮包正好掉到了我的脚边。于是，皮包里的神秘物品差点从在我眼皮子底下打开的皮包里掉出来。不对，有的已经骨碌骨碌地滚到了我的脚边了。

各位读者，你们猜是什么东西呢？是被肢解的长吉的尸体吗？不是，不是，那怎么可能！原来是一大捆纸币，足有几万元之多。而且掉到我脚边的物品也很奇怪，那是医用的玻璃注射器。

当时河野惊慌失措的样子简直难以形容。脸色一会儿红一会儿白的，急忙捡起掉在地上的东西，将皮包盖好，塞进了自己的座位底下。迄今为止，在我的印象之中，河野这个人，是一个非常有理性的、有着钢铁般意志的男人。可他刚才那么慌张是为什么呢？他在最危险的时候暴露了自己的弱点。

不管河野把皮包盖子合上时的动作多么迅速，皮包里的东西也逃不过我的眼睛。河野当然也很清楚这一点。尽管如此，河野很快便恢复了常态，装出一副若无其事的样子，继续刚才的话题。

一大捆纸币和注射器。这些东西到底意味着什么呢？由于事出意外，我好一会儿没有说话，陷入了迷茫。

三十一

但是，无论河野带了多少钱，或者携带了与他身份不符的医疗器械，这些都不过是意外，没有什么可以怀疑的。话虽如此，不解开这个谜团，就此与他分手，我也觉得很不甘心。我苦苦思索，怎样才能将心里的巨大疑问说出来呢？河野一直竭力装出一副若无其事的样子。至少给我的感觉是这样的。

“你没有忘记带走窥视镜吧。”

河野冷不丁地这么问道。虽说这种毫无意义的问话只不过是为了掩饰他的狼狈，但也不是不可以理解为含有“你也有把柄落在我的手中”这样带有威胁性的警告之意。

当我们陷入无言的对峙的时候，不知不觉间火车已经驶过了几十里山河。很快就要到达河野即将下车的那一站了。可是，我竟然把这一站忘得一干二净，直到火车鸣响汽笛的时候，我才发现河野仍然泰然自若地坐在座位上，不知什么原因，没有丝毫要下车的意思。

“喂，你不是要在这里下车吗？”

其实，我也不希望他就在这里下车，却一瞬间不由自主地这么问道。

河野不知怎么满面通红，辩解道：“啊，真是的。也没关系。就坐到下一站吧。反正已经下不了车了。”

不用说，他是故意不下车的。这么一想，我不禁感到些许恐怖。

距离下一站不过两英里多一点的路程。转眼之间，火车已经到站。看到车站信号灯的时候，河野犹豫不决地对我提出了奇怪的请求：“我有一件事，想要拜托你帮忙，能不能请你换乘下一趟车呢？在这个车站下车，距离下趟车到达，有三小时时间。在这三小时里，能不能请你听一下我的请托？”

对于河野突然提出的请求，我一时间很惊愕，也有点害怕。可是他的态度非常恳切，认为不会有什么危险，加上难以抑制自己的好奇心，便同意了他的请求。

我们下了车，来到车站前的一家旅馆，对旅馆的人说我们只是在这里稍作休息，开了最里头的一个房间。隔壁的房间里好像没有人，正适合谈这种事情。

女佣送来了我们要的酒菜。女佣离开后，河野显得非常难以开口的样子，犹豫不决的，为了掩饰他的难为情而不住地向我劝酒。终于，他痉挛似的抽动着苍白的面部肌肉，毅然决然似的开口道："你看到我皮包里的东西了吗？"

在他的眼睛盯视下，原本没有什么可心虚的我，多半脸色也煞白吧，只觉得自己心跳加快，腋下的冷汗滴滴答答地往下淌。

"看到了。"

为了避免刺激对方，我只能尽量压低声音，实话实说。

"你觉得奇怪吗？"

"是的。"

接下来是一阵沉默。

"你知道爱情这种感情的意义吗？"

"我想应该知道吧。"

这种对话，宛如学校里的口试或者法庭的审讯。要是在平时，我会马上笑出声来，因为我们的表情就像决斗时那样严肃地进行着如此滑稽的问答。

"那么，为了爱而犯下的过失，也有可能是一种犯罪吧，对于那个男人所犯的这种没有丝毫恶意的过失，你能不能原谅呢？"

“或许会原谅吧。”

我用足以让对方放心的口气回答道。因为即便是此时我对河野也只有好感，没有任何反感的。

“你难道跟那个案件有什么牵连吗？或者你在其中起了特别重要的作用？”

我壮起胆子问道。我相信自己的预感十之八九没有错。

“有这个可能。”河野充血的眼睛一直一眨不眨地盯着我，“如果是这样的话，你会报警吗？”

“我不会那么做的。”我当即答道，“那起案件已经尘埃落定了，没有必要再追究新的牺牲品了吧。”

“那么，”河野多少放心了似的说道，“即便我犯了罪，你也会将这个罪行藏在心里吗？而且，你会将见到的我皮包里的东西忘掉吗？”

“咱们不是朋友吗？谁也不会愿意让自己喜欢的朋友成为罪犯吧？”

我竭力用轻松的语调表了态。实际上，这也是我的真实想法。

听了我的话，河野好久没有说话，表情渐渐地难看起来，最后差一点哭出来，好容易这样说道：“我做了一件不可饶恕的事。我杀了人。起初只是因为一时的冲动，却没想到，事情会发展到这样严重的地步。我完全无法左右。就连会引起那样的后果，我都不懂得，真是个大笨蛋。我完全被爱蒙住了眼睛，就像着了魔似的。”

没想到河野也有如此软弱不堪的一面，太意外了。在湖畔亭时的河野与现在的河野简直判若两人。奇怪的是，当我知道了他的弱点后，反而比以前对他更有好感了。

“那么，人是你杀的了？”

为了避免刺痛对方，我尽可能像聊天似的问道。

“是的，等于是我杀的。”

“‘等于’是什么意思？”我不解地问道。

“就是说不是我亲手杀死的。”

我越来越不明白他的意思了。如果不是他亲手杀的，那么映在镜子里的手，到底是谁的呢？

“那么，是谁干的呢？”

“没有人杀人。那家伙是因为自己的过失而死的。”

“你是说过失……”我猛然意识到自己犯了一个极大的错误，连忙问道，“啊，你说的是三造吧？”

“当然。”

听到他回答得这么肯定，我的脑子里反而糊涂起来。

三十二

“那么，你刚才一再说的过失，就是说的三造吗？”

“是啊，你认为是谁呢？”

“那还用问，当然是艺伎长吉了。这次案件中，除了长吉被杀外，还有什么其他人吗？”

“啊，对了对了，可也是啊。”

我吃惊地看着异乎寻常的河野。这到底是怎么一回事？这个案件里，莫非有着根本性的错误？

“长吉根本就没有死啊。连伤到都没有，她只是躲起来罢了。我一直在考虑自己的事，竟然忘记把这么重要的事情告诉你了。其实死了的只有三造一个人。”

对于这一点，当初我看到窥视镜里的场景，吓得魂飞天外的时候，也不是没有想到过，以为那不过是什么人搞的一出恶作剧。但是，正如我前面说过的那样，由于各种情况的出现，根本不允许我这样去想了。所以，刚一听到河野若无其事的话，我反而有一种被愚弄的感觉，一时间不愿意相信。

“真的吗？”我半信半疑地反问道，“为一个并没有死的人，警方有必要那样大动干戈吗？我被你搞糊涂了。”

“你说得有道理。”河野非常抱歉似的说，“由于我玩了一个无聊的诡计，本来微不足道的小事，竟然酿成了大祸，并且还夺去了一个人的性命。”

“请你从头说起，好吗？”

我甚至不知该从哪里问起了，只好这样对他说道。

“不用你问我也打算从头说起的。首先我必须说一下我和长吉的亲密关系。我和她其实是青梅竹马。我这样一说，你就很明白了吧。我对她不能忘情，她去别的镇上工作以后，我们还常常幽会。可是，我太穷酸了（此时我不禁想起了他皮包里的那一大捆纸币），不能经常去找她。而且，我这个人喜欢到处走，有时候一年半载也见不上一次面。这次也是这样，好久没见了，听说她一年前换了主人，来到这个镇子上了（当然这也是吸引我来山里的原因之一），却不知道她究竟在哪个镇上，也不知道她的艺名是什么。直到案发前一天，我才知道长吉就是我的女友。按说在此之前，她也经常来湖畔亭旅馆的，可不知什么原因，我一次也没有碰到过她。

“然而就在案发的前一天，我们突然在旅馆走廊上擦肩而过时，发现了对方，我就悄悄地把她带到我的房间里，久别重逢，真是有说不完的话。说了些什么，因为今天时间有限，我就不具体说了。当时，她突然哭起来，口口声声说她想死，最后竟要我和她一起去死。

“原本她就是个内向的女人，加上有点歇斯底里吧。她本来就讨厌干艺伎这一行，自从到Y町以后，连一个知心朋友也没有，还经常受到同伴的欺负。而且她的老板对她也非常刻薄。最近，有个叫松村的有钱人想替她赎身的传言闹得沸沸扬扬。是答应松村，还是双倍归还老板的借款，换到别家去？长吉陷入了进退两难的境地。她说要寻死，以她的个性是很自然的。一方面是进退两难的境遇，但最让我感动的是她到现在对我还念念不忘。因此我想，只要我能够做到，我就要牵着这个女人的手，一起坠落到这个世界的深渊去。

“可是就在此时，突然发生了一件不知是幸还是不幸的事情。当然，即便发生了这次突发事件，但如果没有另外一个条件，也不会引起那样的后果。反正倒霉的事（其实也是很自私的）都凑到一块了。还有一件事就是你的窥视镜。这种装置，我以前就知道。这也是我的一个坏毛病，也叫作窥探他人隐私的侦探癖吧，反正这个嗜好很强烈，所以我很早就知道你的那个装置，还趁你不在的时候，潜入你的房间里偷看过呢。”

“你等一等……”

我等不及地插嘴道。我实在没有耐心听他这种冗长的告白，似乎总也抵达不了我想知道的关键问题。

“你说长吉没死，我觉得太说不通了。那个更衣室里的一大摊血又是谁的呢？医大的博士不也是证明那是人血了吗？那么你说说那么多血到底是从哪儿弄来的？”

“喂，你先别着急嘛。不按照顺序讲下去的话，连我自己的脑子也会混乱的。关于血的问题，我马上就会说明。”

河野阻止了我的插话，继续他那冗长的告白。

三十三

“因此，我知道人站在更衣室的穿衣镜的哪个方向，身体的哪个部分会反射到窥视镜中。恰好那个时候，窥视镜的一部分就像望远镜，只有穿衣镜的中间部分放得最大。我曾在你出去的时候，偷看过入浴者被放大的裸体。而且，恐怕你也有同感吧，在那种梦幻一般的奇妙映像里，我体味到一种异样的魅力。不仅如此，我甚至突发奇想，倘若在那如水中一样模糊不清的镜面上，出现一个血淋淋的场面该有多美啊。譬如一把寒光闪闪的短刀，猛地刺向一个丰满的裸体女人的肩头，于是鲜红的血流下来。当然，这只不过是我随心所欲的想象而已，如果没有刚才说的突发事件的话，无论如何也想不到我会自导自演这一幕。

"那天晚上十点多钟，就是发生杀人案之前，我已经睡了，突然长吉跑进我的房间。她蜷曲在角落里，害怕地求我'快把我藏起来！快把我藏起来！'只见她面色苍白，呼吸急促，肩膀不停地起伏着。由于事情来得突然，我吓得呆若木鸡。不一会儿，走廊上传来急促的脚步声，还问着'长吉去哪儿了？'听声音好像是拿手提箱的其中一个男子发出的。

"后来，那个人到处找长吉，但是即使是女佣，也没有想到长吉和我的亲密关系，跑到我的房间里来。拿皮箱的男人最后只好作罢了。我完全搞不清是怎么回事，长吉好不容易定下神来，走到房间中央来的时候，我仔细地盘问事情的缘由。据长吉说，那天晚上，正好那个叫松村某某的老爷也来参加宴席，由于他喝多了，说了些很过分的话，长吉实在坐不下去了，便离开了宴席，漫无目的地在走廊上走。经过拿皮箱的男人房间，看见拉门开着，屋里没有人，长吉突然想起了一件事。你也知道，长吉经常被那两个拿皮箱的男人叫去陪酒，一个偶然的机会，她发现皮箱里装着好多钱。她亲眼看见里面有好几捆崭新的纸币，足有几万元之多。你别急，正如你所说的那样，我这个皮包里的钱就是他们的。这些钱为什么会到了我的手里呢？下面我会慢慢告诉你。

“长吉想起了皮箱里的那些钱，见周围没有人，便起了贪念。只要偷走其中的一两捆纸币，从明天开始就可以获得自由，逃出讨厌的松村的魔掌。说起来，那天松村那么粗暴地对待她，也让她昏了头。想到这里，她猛然冲进房间，想把皮箱打开。但是由于皮箱上了锁，女人的细胳膊不可能把它打开。她拼命地将箱盖的上边角掀开，从缝隙里伸进手指，好不容易从里面抽出了几十张纸币。可是她不熟悉干这种事，拿一捆就花了好长时间，等到她意识到的时候，皮箱的主人已经气势汹汹地站在她身后了。

“所以长吉不顾一切地逃到了我的房间。但是，让人不可思议的是皮箱主人的态度。一般来说，如果找不到长吉的话，就会立即通过旅馆账房进行查找，然而他们一点都没有声张。因为长吉担心得要命，我还悄悄去拿皮箱的那两个男人的房间察看了一下。出乎意料的是，他们正急急忙忙地收拾行装准备离开。这也太不合情理了，他们一定有什么不可告人的秘密。看来，他们并非因为被长吉偷了钱而恼怒，而是害怕被长吉知道箱子的秘密。长吉看见的是那么大捆的纸币，而且装在皮箱里，提着到处走。这些的确都解释不通。说不定他们是大盗贼，要不然就是制造假币的吧。我自然会这样想。

“回到房间一看，长吉已经哭得昏天黑地的。而且她歇斯底里的老毛病发作了，又开始叨叨‘一起去死’了。连我也受她的感染，觉得万念俱灰、走投无路，近乎陷入疯狂了。这种噩梦般的心情，使我突然产生一个无比可怕的念头。

“‘你既然这么说，我就把你杀了吧。’我对她这样说着，把她带到了浴室。我看了一眼锅炉房，三造不在。那个搁板上放着他的短刀（我知道这把短刀放在那里）。于是便上演了你已知道的凶杀案。”

三十四

“因为即便是在那样的危急时刻，我也想让你看看那充满刺激的美丽瞬间。说不定，比起把长吉放跑，这才是我真正的目的。不过，我不知道你那时是不是正在看窥视镜。如果你没有看的话，那么我这出专门为你进行的表演就没有任何价值了。因此，作为更真实的证据，我事先在更衣室的木地板上涂了血。这种想法不过是我心血来潮，强烈的表演欲作祟罢了。

“一次旅行时，有个朋友给了我一支注射器。我生性就对这类医疗器械有着强烈的喜好。我经常拿它当玩具玩，去哪儿都带着它。我用那支注射器，从我和长吉的手腕上一共抽了满满一碗的鲜血，然后用海绵蘸上血，涂在地板上。把恋人的血液和自己的血液掺在一起，这种富有戏剧性的妙招让我高兴得忘乎所以。”

“可是，只不过一碗血，怎么会显得那么多呢？看上去差不多足有一个人身体里的血那么多。”我不禁插嘴道。

“窍门就在这里。”河野不无得意地答道。

“窍门就在于擦掉和涂抹开这两个做法的区别。因为谁也想不到有人会把流出的血均匀地涂抹开来。这样擦掉之后留下的痕迹，的确相当于杀死一个人流血留下的痕迹。其实，以画画卖钱的心情，假装是擦掉留下的痕迹，尽可能到处多涂，以致溅到柱子、墙上的血点，都非常仔细地制作，余下的血就涂抹在短刀尖上，然后将它放进那个白铁皮箱里。不用说，当时我就将长吉放跑了。对她来说，这是背上小偷的污名，还是获得自由的紧要关头，所以根本来不及害怕了。长吉沿山路，趁着夜色，向着与Y町相反的方向跑了。当然，我们早已预先商量好了碰头的地点。”

真相居然如此简单，我不禁感到有些失望。那么我的疑问就此彻底打消了吗？当然没有。如果那只是在演戏的话，就愈加令人费解了。

“那么，那焚尸的气味又从哪儿来的呢？”我急切地问道，“还有，三造为什么会死于非命呢？为什么你说他的死是你的责任？我实在不明白。”

“我现在就告诉你。”河野声音低沉地继续说，“后来的情况，你差不多都知道了。幸亏拿皮箱的男人，不出所料，好像是有前科的罪犯。他们趁着夜色逃跑之后，尽管警方那样张网搜捕，还是不知去向，所以我的表演便越来越像真的了。人们认定长吉是被害人，拿皮箱的男人就是加害人，警察以及所有的人都深信不疑。可是，我作为案件的始作俑者，局面越是闹得沸沸扬扬，我就越是担心得不得了。事到如今也不能说那是恶作剧了，可是，如果不坦白的话，有一天拿皮箱的男人被捕，难保不会弄清真相。因此，尽管长吉在约好的地点焦急地等着我，我还是不能去她那里。在案件有个眉目之前，我是无论如何不能离开湖畔亭的。这十天来，我表面上勉强装出一副满不在乎的样子，内心里却受到地狱般的煎熬，这是局外人绝对无法想象的。

“我以业余侦探自居，和你一起做了不少事。可我无时无刻不是战战兢兢的，担忧不知什么时候我的表演会彻底败露。但是，当那天我们把窥视镜拆下来的时候，突然出现了一个新的人物。我故意隐瞒了那天晚上的那个奇怪的人影，其实那人就是看澡堂的三造。他逃跑时把旅馆老板的钱包丢了，也不值得大惊小怪，因为我前面说过这人有偷东西的毛病。问题是钱包里的五百元钞票。旅馆老板说钱是他的，但是我总觉得他的表情不太正常。此人是出了名的贪得无厌，所以他的话也不能全信。所以我认定三造与案件有关联，知道其中的什么秘密，便开始对他进行跟踪和侦查。结果，发现了一个令人吃惊的事实。”

三十五

“我发现三造把不知从什么地方捡来的那两个大皮箱藏在了锅炉房的煤堆里。拿皮箱的两个男子大概是害怕皮箱成为被人追踪的标志，将它们藏在山中，空着手跑掉了。或许被三造看到了，或许是他后来去山里捡树枝时偶然发现的。总之，三造连钱带皮箱都给偷走了。这样，就可以解释那个钱包里的五百元钞票了。但是，皮箱的主人纵然身处危急关头，也不应该毫不心疼地将那么多的钱轻易扔掉，这让我觉得有些蹊跷。会不会是假币呢？还是准备日后再来取走，将它暂时埋在一个不会容易被发现的地方呢？那个刮着大风的夜晚，拿着手电筒在森林里到处找东西的男人，说不定就是被他们支使来找箱子的同伙吧。

“案件变得越来越复杂了，简直是扑朔迷离。我完全没有想到，我的不顾后果的恶作剧，竟然酿成了如此大祸，因此，越来越胆战心惊。然而，就在四五天前，当警察开始大规模搜查皮箱的时候，三造对自己干的事也害怕起来。他想到应该把皮箱这个唯一的物证扔进锅炉里烧掉。就趁着夜深人静，他把皮箱拆开，一点点地烧掉。实际上，我曾经偷看到他在烧东西，不过，我没有想到焚烧动物皮的气味会飘到湖对岸的村子里。不用说，那气味很像是焚烧尸体的气味。我曾听说外国也发生过与此类似的事情。从乡间一户人家的烟囱里冒出浓浓的黑烟，散发出火葬场的气味，村里人议论纷纷，都认定是在焚烧尸体。结果一了解，根本不是那么回事。原来这户人家把旧长筒靴子扔到火炉子里了。因为那家主人曾经被怀疑与某个杀人案件有牵连，所以引起了这场误会。

“但是，当时，我并没有想到这一点，只觉得已经走投无路了。我最担心的是，三造的这一愚蠢之举会不会导致事情败露。于是为了尽可能地拖延时间，我想办法逼着三造逃走。我暗示警方在怀疑他，想把他吓跑。三造虽是恶人，但毕竟是个傻子，不但没有识破我的诡计，还对我说偷了皮箱，就肯定会被认为有杀人的嫌疑信以为真。加上那天村子里的警官正好来找我，他把那些钞票捆儿用包袱皮包起来，逃往深山里的家乡。我为自己的计划顺利实现而窃喜，可以说是怀着护卫他的心情尾随着他。

“可是在途中，就是在那条栈道上，意想不到的事情发生了。因为走得太急，三造失足滑下了悬崖，意外地摔死了。我急忙下去进行救治，可是已经救不活了。想来三造也是个苦命的人，虽说他是个坏人，可是这与他是白痴一样，是与生俱来的，不是他自己可以左右的。都是因为我出于利己之心，劝他逃跑，才让他意外地丢了性命，不然他可以活得更长一些。我觉得自己犯了极大的罪过，不敢正视三造的尸体，只是把装满纸币的包袱捡起来，返回旅馆，打算去报告。

“可是，返回途中我突然想到一个妙计。虽说三造很可怜，可毕竟已经死了。如果能够把全部罪行都推到他身上的话，长吉就可以被看作已死之人，彻底自由地过一辈子了。而我也能品尝到梦寐以求的幸福了。而且幸运的是，无论是短刀、手臂上的黑道，还是三造平日偷窃成瘾等，全都可以证明他有罪。于是，我打消了立刻把三造的意外死亡告诉大家的念头，开始考虑将罪行推给三造的说辞来。此时，正好村子里的警官来告诉我有关气味的事。这样，就万事俱备了。在警察和你面前，我只要说出已经想好的理由就可以了。

“那些纸币，大致一看很难断定是不是假币。如果是真的钱，我就一跃而成了大富翁。实在不好意思，出于这样的贪心，最终我还是舍不得把纸币烧掉，暂且藏到了皮包里。结果这些钱被你看见了，就此和你分手的话，难保什么时候你不会说出事情的真相。所以我想干脆坦白了更安全，就让你下车了。也就是说，这次案件根本没有什么一个可以叫作凶手的人。此事件起始于长吉的歇斯底里和我耍的小把戏，加上多个偶然机缘，最终酿成了一桩看似非常血腥的大案子。”

河野叹了口气，结束了他冗长的故事。案件内幕的出人意料，让我好久没有说出话来。

“总而言之，我请你把这件事藏在心里，不要告诉任何人。如果事情败露，长吉被召回到原来雇主那里去的话，她就没有活路了，我也无颜面对世人。请你务必答应我的请求，发誓不告诉任何人。”

“我明白了。”我受到河野这番倾诉的感染，语调沉重地答道，“我绝不会告诉他人，请你放心吧。你赶快去长吉那里吧，也好让她放心，我祝福你们幸福美满。”

总之，我是怀着感动之心与河野道别的。我坐的车启动后，河野一直站在站台上，以充满感激的目光目送我离去。

自从那次分别以后，我再也没有见到过河野和长吉。虽然和河野通了两三封信，可他们的爱情是否已开花结果，不得而知。不过最近，我收到了河野的一封少见的长信。他先写了很多感谢我曾经对他的好意之后，告诉我恋人长吉死了的消息，他也因为参与朋友的事业，去南洋的一个岛上旅行。从信里的口气看，我感觉他可能再也不会回到日本了。那么，现在将案件的真相披露出来也无妨了。

各位读者，我的无聊的故事终于讲完了。关于那一大捆纸币到底是不是真的，最终也没有机会问河野，我想，恐怕不是假币吧。

现在只剩下了一个重大的疑问。与河野分手后，随着时间的推移，这个疑问变得越来越强烈，以至于使我开始感到了莫名的烦恼。如果我的推测准确的话，就等于我无缘无故地放走了不可饶恕的真凶。不过，现在还不是将此疑问公之于众的时候。因为河野还活着呢，而且他是为自己的家人去国外打工的。为了那个已死了多年的傻三造，事到如今，有什么必要再追究真相，增添新的牺牲者呢？

· 两个废人 ·

两个人泡完了温泉，对弈一局之后，点了支烟，一边喝着苦涩的煎茶，一边像往常一样有一句没一句地闲聊起来。温暖的冬日阳光透过隔扇，将八张榻榻米大的房间照得暖乎乎的。大桐木火盆上的银壶里的水滚开了，发出催人昏睡的嘘嘘声，这是个如梦一般悠长闲适的冬日温泉浴场的午后。

无意义的闲聊不知不觉转向了怀旧。来客斋藤谈起了青岛战役[①]的真实经历，房间的主人井原朝火盆伸出手取暖，默默地倾听着对方正谈论的血腥话题。远处隐约传来黄莺的啼声，仿佛在随声附和似的，此情此景的确蛮适合回首往昔。

斋藤那布满疤痕的面孔回顾这类当年之勇简直再适合不过了。他指着据说是被弹片划破的右脸上的一道伤疤，生动地讲述当年打仗时

---

① 青岛战役，是指第一次世界大战期间，日本及英国共同攻打当时由德国控制的青岛。战役于1914年10月31日开始，至11月7日结束。日本于这场战役中获胜，占领青岛。

的情景。他还说，除此之外，他身上还有几处刀伤，每到冬天便会隐隐作痛，所以才会来泡温泉，还脱下浴衣给井原看那些旧伤。

“由此也看得出，我年轻的时候相当有野心的啊。可惜，变成现在这样子，就算交代了。”斋藤这样结束了这段长长的战争谈。

井原仿佛依旧沉浸在那些回忆的余韵中似的，沉默了好一会儿。

（此人被战争毁掉了一生，我们都成了无用的人。但是他至少还剩下了聊以慰藉的名誉，而我有什么呢……）

再一次触碰到内心深处的旧伤，井原不禁浑身一抖。他觉得，因为肉体上的旧伤而烦恼的斋藤，比起自己来还是幸福多了。

“接下来，我给你讲个我的忏悔故事吧！虽说接在你的勇武的战争回忆之后，过于晦暗了些。”

又换了壶新茶，抽了根烟后，井原兴致勃勃地说道。

“那可太好了，洗耳恭听。”

斋藤立刻回答，摆出恭恭敬敬的架势，看了井原一眼，但又马上若无其事地低下头。

一瞬间井原心里一惊，刚才斋藤看他一眼时的表情，似乎在哪里见过。从第一次见到斋藤的时候开始——其实也不过是大约十天前的事——他就感觉到两人之间仿佛有种前世有约般的关联。而且随着时间流逝，那种感觉越来越强烈了。否则的话，住宿旅馆不同，身份也迥异的两人，不可能在短短数日之内就变得如此亲密无间，井原暗自思忖。

（真是不可思议，这个男人的面孔我的确在哪里见过，可是怎么回想也想不起来。说不定，这个人和我，在很久很久以前，或许在懵懂的幼儿时期曾经是玩伴吧？）这样一想，似乎有这种可能。

“哎呀，想必是非常有意思的故事吧！如此看来，今天这好天气，似乎很适合回忆往昔啊！”斋藤不由得催促道。

井原从未将自己羞耻的经历告诉过别人，可以说总是尽可能地隐瞒过往。自己也一直努力忘记过去。可是今天，也不知怎么搞的，突然产生了一股诉说的冲动。

“不知该从哪儿说起……我出身××町里旧式商家，大概是由于父母的过分溺爱吧，我自小就体弱多病，因此晚了一两年才上学。不过，除此之外，倒也没遇到过太不顺的事。从小学到中学，后来顺利考入东京的××大学，虽说比别人晚上了几年学，但还算是顺顺当当地长大了。到了东京之后，我的身体也比较健康，而且在选择了专业之后渐渐对学业产生了兴趣，开始交了几个好朋友，甚至觉得拘谨的住宿生活也变得开心起来。总之，就这样度过了无忧无虑的学生时期。现在回想一下，那时确实是我一生中最美好的时光。不料，就在我搬到东京后的一年左右吧，我突然发现了一件可怕的事情。”

说到这里，不知为何井原全身微微发起抖来。斋藤把刚抽了两口的烟卷在火盆里摁灭，全神贯注地听起来。

“那是一天早上的事。我正在穿衣服准备去上学，住在同一间宿舍的朋友走进了我的房间，一边等着我换衣服，一边打趣地说：‘昨晚你可真是好口才啊！’可是我全然不解其意。‘什么口才？你是说我昨晚特别能说？’我困惑地反问，室友立刻捧腹大笑起来。‘你今早还没洗脸吧？’他这样调侃道。我仔细一问，才知道原来前一晚深夜，我闯进室友正睡觉的房间，将室友叫起来后，就开始滔滔不绝地说起来，好像是关于什么柏拉图与亚里士多德的妇人观比较论等，说完自己想说的话之后，也不听室友的意见，转身便离开了，简直就是鬼魂附体了似的。‘你大概是在做梦吧。我昨晚很早就上了床，一直睡到刚才，怎么可能做那种事？’我这么一说，朋友立刻生气地说：‘可是我有证据证明你不是在做梦，因为你走了之后我怎么也睡不着，还看了好长时间的书，再说了，你看看这张明信片，就是你当时写的，哪有人会在梦中写明信片呢？’

“这样各执一词，最终谁也说服不了谁，那天就去上学了。在教室等老师的时候，朋友若有所思地看着我，问道：‘你以前有没有说梦话的习惯呢？’我一听，就像撞上什么可怕的东西似的猛然一惊……因为我的确有这习惯。我小时候好像经常说梦话，有人在我说梦话的时机，故意跟我对话，我在睡梦中，也能够很准确地回答，而且早上醒来后对夜里的事情毫不记得。由于太少见了，在街坊四邻里都出了名。不过，那是小学时的事情了，长大后就不怎么说梦话了，仿佛忘了有过这回事。可是如今被朋友这么一问，才意识到小时候的毛病似乎与昨晚发生的事有着某种联系。于是，我把这件事告诉了朋友。‘这么说，你这个毛病复发了，就是说，那是一种梦游症。’室友一脸同情地说道。

“于是我就开始紧张了。梦游症到底是什么毛病，我当然不是很清楚，但梦中转悠、离魂病、梦中犯罪等令人毛骨悚然的名词却浮现出来。不说别的，在年轻的我看来，梦游是一件很丢脸的事。万一这种事一再发生可如何是好？想到这里，我坐立不安起来。过了两三天，我鼓起勇气去看熟识的医生，进行了咨询。没想到，医生的看法倒是很乐观：‘看来很像是梦游症，不过才发作一次，不必这么紧张，太紧张了，反而容易导致病情继续恶化。要尽量保持平静，精神放松，生活有规律，把身体锻炼得健康些。这样的话，这种病自然就会好了。’我当时只好无奈地回了学校。但不幸的是，我这个人天生就特别神经质，一旦发生过那种事，就总是挂在心上，连书都没心思念了。

“那一阵子我每天都提心吊胆的，但愿那个毛病不要再发作。幸好之后的一个月平安无事地度过了。我才如释重负地松了口气，可是你猜怎么着？那只不过是片刻的安宁，不久我又发作了一次，情况比上次还严重，因为我竟在睡梦中偷了别人的东西。

“早上醒来一看，我的枕头底下居然放着一块我从未见过的怀表。我正纳闷的时候，听到住在同一个寄宿公寓的某公司职员嚷嚷起来：‘我的表不见了！我的表不见了！’我大吃一惊，感到特别羞愧，根本不好意思去道歉，最后只好拜托之前那位朋友替我做证，说我有梦游症，把表还给了人家，才好歹了结了这件事。从那天起，‘井原是梦游症患者’的消息便一下子传开了，甚至成为学校课堂上的话题。

“我想，无论如何也要治好这令人羞耻的毛病，买了大量有关梦游方面的书籍，尝试过各种健康疗法，也看过多位医生，可以说能做的我全都做了，可病情不但丝毫不见好转，反而每况愈下。每个月至少发作一次，严重时甚至会发作两次，而且梦游的范围还越来越广了。每当发作时，不是拿走其他人的东西，就是把自己的东西遗失在去过的地方。若没有留下这些证据的话还不至于被别人知道。说不定我还不止这些次，只是没留下证据而未被任何人发现罢了。不管怎样，这事连我自己都感到惶恐不安。有一次，我甚至半夜跑出宿舍，去附近寺院里的墓地转悠。偏偏不凑巧，当时住在同一公寓的人正好参加完应酬回来，当他走过墓地外的马路时，透过低矮的篱笆隐约看见我的身影，因天黑看不清楚是谁，他便到处说那里闹鬼，后来得知那人影是我，此事就弄得人人皆知。

“就这样，我成了人们的笑料。的确，在旁人看来，这或许是一出可与曾我廼家[1]的演出相媲美的喜剧，但对当时的我而言，该有多么痛苦、多么害怕啊，那种心情，恐怕只有当事人才能体会呢。起

① 曾我廼家五九郎（1876—1940），日本喜剧演员，本名武智故平。

初，我特别害怕，老是担心今晚自己会不会又梦游，又闯祸，时间久了，我竟害怕起睡眠本身来。不，我甚至出现了‘不管想不想睡，到了晚上就必须躺到床上’这样的强迫观念。到了这个地步，说句不怕你见笑的话，只要看到寝具，即便不是自己的，也感到特别的厌恶。对于一般人是一天最安宁的休息时间，对我来说却是最痛苦的时候，这是多么不幸的人生啊。

“而且，自从梦游发病以来，我就一直很担心一件事。那就是，倘若只限于滑稽的喜剧这个程度，最多不过是其他人眼中的笑柄而已，怕只怕这个毛病哪一天会造成无法挽回的悲剧。前面我也说了，我收集了所有关于梦游症的书籍，翻来翻去地看了很多遍，所以对其中描述的许多梦游患者的犯罪实例也知道很多。其中有许多是令人战栗的血腥事件。懦弱的我害怕极了，结果导致即便看到棉被都会觉得恶心。后来我觉得不能再这样下去了，决定索性休学回老家去。于是有一天，距离我第一次发作大概过了半年吧，我给父母写了一封长信商量此事。没想到就在我等回信的期间，你猜怎么样？我最最害怕发生的事发生了，毁掉我一生的、无可挽回的悲剧终于发生了。”

斋藤一动不动地洗耳恭听着。但是他的眼神里，不仅仅是对故事产生了兴趣，似乎还有其他什么东西。早已过了新年高峰的温泉浴场，客人稀少，四周静悄悄的，连小鸟的啁啾声都听不到了。在这与世隔绝般的世界里，两名废人异常紧张地面对面坐着。

“那是二十年前的事了，也就是明治××年的秋天，真是很久以前的故事了。一天早上我一醒来，发觉寓所里闹哄哄的。原本就心虚的我，立刻生出一种不祥的预感，莫非自己又闯祸了？在我仍然躺在床上左思右想的时候，越来越感到这次的情况不同以往。一种难以描述的可怕预感袭上心头。我提心吊胆地环视房内，发觉有些不对劲，房间里似乎和我昨晚睡觉时不太一样。我赶紧起来仔细察看，果然看到一件陌生的东西。在房门口居然放着一个我从没见过的小包袱。一看到它，我不知怎么了，立刻抓起小包袱扔进了壁橱里。然后关紧壁橱，像小偷似的四下张望之后，才松了一口气。就在这时，纸门无声地拉开了，一位朋友探头进来，煞有介事地小声说：'不得了了！'我怕刚才的举动被他发现，心神不定，没有说话。'房东老头被人杀了，昨晚进来小偷了，你快来看吧。'室友一说完便转身走出去了。我听了这话，仿佛被人点了穴，半天都动弹不了，好不容易才回过神来，走出房间去看情形。接下来，您猜我看到了什么？听到了什么？当时那种难以形容的惊恐，即便是过了二十年后的现在，依旧像昨天发生的事一般历历如在眼前。尤其是那个老人的令人魂飞魄散的死相，无论是睡着了还是没睡着，总是在我眼前闪现。"

井原仿佛恐惧得难以忍受，眼睛滴溜溜地环顾四周。

"我把经过简要地跟你说说吧！那天晚上，恰好房东的儿子儿媳去串亲戚，不回家，所以房东老人独自一人睡在玄关旁的房间里。可是一向早起的老人，那天却一直没有起床。女佣觉得奇怪，就去他的房间察看，只见老人仰卧在被褥上，已经被他围着睡觉的法兰绒围巾勒死了，身子早已冰凉了。经过勘察发现，凶手杀害老人后，从老人的腰包里取出钥匙，打开柜子，从里面的手提保险箱里偷走了许多债券和股票。由于这家公寓为了方便深夜晚归的房客，从来不锁大门，给窃贼大开了方便之门。不过，遇害的老房东是个非常警觉的人，因此公寓相当安全，房客都很放心。而现场虽没有发现特别有力的线索，但听说老房东的枕边有一条脏手帕，被警方拿走了。

“过了一会儿，我回到了自己的房间，可是一想到房间的壁橱里有那个包袱，就不知如何是好。我想打开看看，万一里面有遇害老人的财产的话……啊，请你想象一下我当时的心情，真可谓是面临着生死抉择啊。我久久地站在壁橱前，说什么也不敢打开那个壁橱，紧张得快要窒息了，最后好不容易下定决心打开了那个包袱。打开的刹那间，我不禁感到一阵头晕目眩，甚至昏厥过去了片刻……果然在里面。在那个包袱中，果然有债券和股票……事后我才知道，遗落在现场的手帕也是我的。

“结果，我当天就去警察局自首了。经过官职大大小小的多名警察的多次讯问后，我被关入了每次回想起来就不寒而栗的拘留所。我觉得自己就像在大白天做了一场噩梦。由于梦游患者的犯罪很少见，所以警方不但请专业医生鉴定，还请公寓的房客做证，进行了多方面的调查取证。不过，由于我是世家之子，表明我不具有谋财害命的动机。此外，父亲从家乡赶来东京，聘请了两位律师为我辩护。第一个发现我有梦游症的朋友——他叫木村——也代表所有同学热心地为我作保，以及其他种种情况都对我有利的缘故吧，经过漫长的拘留所生活后，我终于被判无罪。虽说如此，毕竟造成了杀人的事实。我的处境是何等匪夷所思啊。我早已疲惫不堪，就连对无罪获释感到欣喜的心气都没有了。

“一被释放，我就随父亲回乡下去了。然而，已是半个病人的我，跨进家门后，就彻底病倒了，足足在病床上躺了半年……因为这件事，我的一生都被毁掉了。父亲的事业由弟弟继承了，此后的二十年漫长岁月，虽说还年轻，我却一直过着隐居生活，到现在，我连为此事烦恼都感觉不到了，哈哈哈哈……”

井原无力地发出苍白的笑声，结束了他的故事，然后一边说着“这么无聊的故事，你一定听得很厌烦了吧。来，再重新沏壶热茶吧”，一边把茶具拉过去。

“是吗？看上去你过得悠游自在，但听了你的故事，才知道你也是不幸的人啊。”斋藤意味深长地叹了口气，“不过，你那个梦游症的毛病，现在已经完全康复了吗？”

“说也奇怪，闹出那场杀人风波后，就像被忘掉了似的，从此再也没发作过。医生说，可能是因为我当时受的刺激太大的缘故吧！”

“你的那位朋友……你刚才说他姓木村吧……他是第一个发现你有夜游症的人吧？还有那个怀表事件、墓地闹鬼事件……其他的事场合是怎样的呢？如果你还有印象的话，能不能请你说说看？”

斋藤突然有些结巴地提出这样的要求，他眼里闪过一道奇妙的光。

“这个嘛，情况都差不多，除了那起杀人事件，就数在墓地徘徊那次最不可思议了。其余的场合大多是跑到其他人的房间去。”

“那么，每次都是因为你拿走别人的东西，或把自己的东西遗落在别人的房间里，才被人发现的了？”

“是的，不过，除此之外说不定还发生过许多次。说不定，除了墓地之外，我还跑到更远的地方去转悠过呢。”

“除了最初你曾与那位姓木村的友人讨论过，以及在墓地被下班的人撞见外，其他时候都没有被人撞见过吗？”

“不，好像还被其他人看到过。有人听见我半夜在公寓走廊来回走路的声音，也有人亲眼看见我走进别人的房间。不过，你为什么会问这种问题呢？我感觉似乎在接受调查似的。”

尽管井原很单纯地笑了笑，但他心里感觉有些可怕。

“对不起，我绝无此意。只是像你这样的人品，虽说是梦游，我也不相信你会做出那么可怕的事。而且我觉得有一点非常可疑。请你不要生气，听我说完。我因身患残疾，而远离尘世，故而逐渐变得神经敏感起来……不过，不知你是否认真想过这么个问题，即所谓的梦游症患者，本人是绝对不可能发现自己这一症状的。即便是半夜到处乱走或是说梦话，早上醒来就忘得一干二净了。就是说只有其他人这样说，他才会意识到，‘原来我是梦游症患者啊’，对吧？用医生的话说，也会出现各种肉体上的征兆，但这些也很难判定，因此只有在发作之后才能做出诊断，对吧？也许是我这个人太多疑，我总觉得你太轻信自己有病了。”

井原开始感到某种深深的不安。与其说这不安来自斋藤的话，不如说是对方那可怕的外貌，以及那外貌后面隐藏的某种东西所引起的不安。但是他依旧克制这内心的惶恐，回答道：“的确，我第一次发作时也曾这样怀疑过，我甚至祈求，但愿这只是一场误会。可是，那么长一段时间一再地发作，使我无法那么安慰自己了。”

“问题是，我觉得你好像忽略了一个非常重要的问题。就是说，亲眼看见你梦游的人并不多。不，说到底其实只有一个人见过。”

井原感到对方的假设简直是异想天开。这的确是一般人怎么想也想不到的可怕念头。

“你说只有一个人？不是那样的。刚才我也对你说过了，很多人都看到我闯进别人房间的背影，或者听见从走廊传来的脚步声。还有发生在墓地的事，那个公司职员（名字我忘了）的确亲眼所见，还给我描述当时的情形。这些先不谈，每次发作后，肯定会有其他人的物品留在我房间，或我的东西丢在很远的地方，所以，没什么好怀疑的吧？那些东西又不可能自己移动位置啊。”

“我倒是觉得每次发作都会留下证据这一点恰恰太反常了。你想想看，那些东西未必就是你自己拿的，别人也可以趁你睡着时偷偷改变它们的位置。还有，你说有许多目击者，可是无论是墓地那次，或是有人说看到你的背影等，都有着一些疑点。即使他们看到的是别的什么人，但由于先入为主，认为你是梦游症患者，所以只要在深夜看到可疑的人影，就认定是你。因此，即便他们是认错了人，也不用担心会被怪罪，而且人们往往以第一个发现新情况为自豪。如此看来，也不是不可以说，无论是自称看到你梦游的那几个人，还是那些证物，都有可能是某个人玩的花招吧。那无疑是非常巧妙的圈套。但是，再怎么巧妙，诡计毕竟是诡计。”

井原似乎被这个推论吓坏了，他呆呆地望着对方的脸，看样子受到了太大的打击，已经无法思考了似的。

“说说我的看法吧，我觉得这说不定是你那位姓木村的朋友，经过周密计划编造出来的圈套呢。出于某种理由，他想神不知鬼不觉地干掉公寓的房东老人。可是，不管用多巧妙的方法，只要杀了人，不找出凶手，是不可能完事的，所以，他必须找个人代替自己充当凶手，而且还要尽量避免给对方带来过多麻烦的方法……假设，我是说假设，那个木村处于这种立场的话，那么将容易轻信别人、个性软弱的你设计成梦游者，演一出偷梁换柱的好戏，岂不是极妙的计策吗？

“我们姑且先这样假设，再从理论上确认其是否能够成立。假设那个木村找到某个机会，对你编了那么个瞎话。碰巧你童年时代的确有说梦话的毛病，这就帮了木村的忙，这个试验竟然收到了意外的效果。于是，木村从其他房客的房里偷出怀表与其他物品，放进你的寝室，或者趁你不注意时偷走你的东西，扔到其他的地方，甚至装成你的模样在墓地或是公寓走廊上走来走去，搞出各式各样的花招逐渐加深你的这一错觉。另一方面，他对你周边的人大肆宣传此事，让他们深信不疑。就这样你和身边的人完全相信你有梦游症之后，木村再找个最适当的时机，杀害了那个他视为仇人的老人。再将老人的财物偷偷放进你的房间，把以前从你房里偷走的手帕留在命案现场，如此推论的话，你不觉得很符合逻辑吗？找不出任何不合理之处吧？最终的结果，自然就是你去自首了。这样的结局对你来说，的确是相当痛苦的折磨，虽说刑罚上不可能判无罪，但能够判得轻一些，这一点木村心里有数。即便受到惩罚，在你看来也是因为梦游症而无意犯下的罪行，应该不至于像一般的犯罪那样，使你受到良心的谴责。至少木村是这么相信的吧。因为他对你并没有任何敌意。不过，他若听到你刚才的那番告白，一定会很后悔的。

“真是抱歉，我说了这么多失礼的话，请你不要见怪。我之所以说这些话，都是因为听了你的忏悔后，非常同情你的遭遇，才忘乎所以地胡乱想象起来。然而，对让你烦恼了二十年的事，倘若能如此设想的话，心里会轻松许多吧！我的说法或许纯属猜测，不过即便是猜测，也比较合乎逻辑，若能令你安心，那不是很好吗？

“至于木村为何要杀死老人，我不是木村，不可能知道，但我想其中一定有无法告诉别人的深刻原因吧！例如，是为了报仇什么的……”

察觉到井原的脸色此时已变得惨白，斋藤立刻闭上了嘴，惧怕什么似的垂下了头。

两人默然对坐了很久。冬日天黑得早，照在纸拉门上的日光也渐渐暗淡，屋内流动起了寒气。

最后，斋藤战战兢兢地鞠了个躬，逃也似的走了，井原连眼皮都没有抬。他仍然坐在原地，竭力压抑着涌上心头的愤怒。他拼命地控制自己，不要因意外的发现而太受刺激。

随着时间流逝，他那血脉贲张的脸色慢慢恢复了平静，嘴角渐渐露出了苦涩的微笑。

“虽然他的长相完全认不出来了，但是那家伙，那家伙……纵然他就是木村本人，我又拿什么证据去向他报仇呢？我这样的笨蛋，恐怕只能束手无策，对他给予我的自私的怜悯感激涕零吧！”

井原没有比此时更深地感到自己是多么愚蠢了。同时，对于木村那举世无双的机智，不能不发出赞叹，而不是憎恨。

· 月亮与手套 ·

一

电影编剧北村克彦去拜访股野重郎，快要走到他家了。

出现在东方天空的一轮鬼魅一样巨大的红月亮，挂在厂房的黑影上方。克彦觉得自己往前走，那月亮也跟着向前移动，就像在尾随他一样。那轮巨大的红月亮，仿佛预示着那件不吉利之事，让他难以忘记。

那是二月一个寒冷的夜晚。刚过晚上七点，这条街上已经如沉睡了一般寂静，行人也很少。沿着马路旁边流淌着一条细细的河沟。河对面有一道不知是什么工厂的长长的围墙，看不到头。那巨大的红月亮紧挨着工厂的烟囱，跟他走路的速度一样缓慢地移动着。

在马路这边是幽静的住宅区，由一家挨一家的混凝土院墙或篱笆墙连接起来。其中一堵低矮的混凝土墙包围着的一座二层木造小洋楼，就是他要去的股野家。石头门柱上亮着朦胧的灯。从院门到小楼的入口大约有十米远的距离，二楼的窗户亮着灯，那是股野的书房。虽然遮挡着黄色的窗帘，但克彦仍不禁想象那个令人讨厌的股野在书房里面的样子——戴着粗粗的玳瑁眼镜、头戴贝雷帽、身穿茶色短上衣。这么一想，克彦突然感到烦躁，想反身回去了。

（若是见到那家伙，今天可能忍不住跟他吵起来的。）

股野重郎仗着他家过去是男爵，暗地里干着放高利贷的勾当。战争结束时，他几乎失去了所有家产，只剩下了一些地皮和少量股票。但是后来，这些东西都升了值，变成了一笔可观的钱财。于是他打算以这些财产为本钱，过游手好闲的生活。他是个聪明人，不像那些旧贵族那般迂腐。恰巧他和日东电影公司的总经理是熟人，就渐渐挤入了电影界，可以说是个高级电影流氓吧。他觉得想方设法搞到电影人的丑闻，就可以凭借这些赚到大钱。他虽然长得瘦削文弱，一副贵族出身者特有的苍白面孔，做起事来却非常老辣。如果对方没有什么把柄落在他手里，他是不会把钱借给对方的。因此他从不缺少顾客。他借给别人钱时，并不要什么公证书、抵押品等，手里攥着对方害怕公之于众的把柄，就是最有力的武器。不过，每月的利息不超过百分之五。他的资产就这样与日俱增着。

北村克彦曾经跟股野借过钱，但半年前，已经连本带利全部还清了。所以，让他踌躇的原因，并不是这个。

股野的妻子夕空明美，从前是少女歌剧团的女演员。凭着演男角出了名，被日东电影公司看中，挑去当了电影演员。不料，连演了几部片子，都不太卖座，令她大为沮丧。正想找条其他出路时，被股野看上，就和股野结了婚。其实她不过是看中了股野旧男爵的身份和他的钱财。电影编剧克彦，是她在日东电影公司工作时期的熟人。三年前，明美和股野结婚之后，仍然和克彦有联系。在大约半年前，由于一次偶然的机缘，两人开始偷情。他们常常瞒着股野，在外面偷偷约会。

精明的股野不可能对此没有察觉，但不知为何，他一直装得若无其事。虽然有时也说些讥讽的话，但从没有当面责备过克彦。就连对老婆明美，也是采取了同样的态度。

（不过，今晚可能要摊牌了，因为股野对我说："有话想跟你说，请今晚来我家。"特意把我叫来的。股野大概是打算把他和明美两个人叫到一起，给他们难堪吧。）

虽然名义上是请他吃晚饭，但克彦觉得，三个人一起吃饭，更让他受不了。所以，他借口有事，故意吃过饭后才来的。可能的话，他想让明美避开，自己单独和股野谈。

看到二楼房间的灯光时，克彦突然想转身回去了。如果那时他回去了，就不会发生后面的事情了。但克彦转念一想，既然下决心来了，就不必再拖下去了，不管怎样，还是把话挑明为好。于是，他站在光线昏暗的门口，按响了门铃。

从里面为克彦打开大门的，不是平时来开门的女佣，而是明美。明美下身穿着一条鲜艳的花格裙子，上身穿一件鲜绿色的毛衣。她身材娇小可人，虽说年已三十，但看起来要年轻三四岁。她那非常性感的上嘴唇，微微一翘，莞尔一笑，但眼睛里却流露出不安的神色。

“那位阿姐呢？”克彦问。

“知道你不来吃饭，傍晚就打发她回家住了。今天就我和丈夫两个人在家。”

“他在二楼吧？看样子他终于要跟咱们摊牌了。”

“我不清楚。不过，你还是怎么想的怎么说为好。干脆彻底解决。”

“嗯，我也是这么想的。”

两人进到小门厅里，只见股野正叉着腿站在楼梯上面，俯看着他们。

“嗨，我来晚了。”克彦说。

“等着你呢。快请上来吧！”股野说道。

二楼书房里生着热腾腾的炉子。是那种顺着天花板安了一圈烟囱的煤炉。股野怕冷，总说要是没有这种炉子就过不了冬。

在另一面墙里镶嵌着一个小保险柜。还有一个好像是英国制的老式的酒柜。房间的一角有一张榻榻米大小的办公桌，屋子中央放着一张待客用的圆桌，还有沙发、扶手椅。都是有些年头的老物件。其实这些东西都是作为贷款利息抵押的家具。

克彦把大衣放在入口处的长沙发上，在一把椅子上坐了下来。股野从酒柜上取下一瓶威士忌酒和高脚杯，放到圆桌上。他喝的酒和他这个放高利贷人的身份不太相称，是那种有名的苏格兰酒，叫作黑标威士忌，这当然也是靠利息换来的。

殷野给两只高脚杯里倒上酒。克彦刚喝了一口，殷野已经一口喝干了，又倒了第二杯。

“咱们还是开门见山吧！今天我为什么请你过来，你心里也有数吧。”

殷野仍旧像平时那样，戴着一副玳瑁眼镜，下身是黑长裤，上身穿一件茶色短上衣，留着诗人一样的长发，头戴一顶藏蓝色贝雷帽。他习惯在屋子里也戴着帽子。自从经常出入于电影界之后，虽说是个放高利贷的，也逐渐习惯于这种打扮了。他已经四十二岁了，可有时看起来和三十五岁的克彦不相上下，有时又像是已超过五十岁的老年人。不仅是年龄，他在各方面都给人性格古怪、深不可测的感觉。

他胡子稀疏，脸上的皮肤光溜溜的，肤色苍白，眉毛浅淡，眼睛细小，鼻子较长。如果说他有着一副贵族相，也确有些贵族相，即便如此，他也属于那种极其阴险的贵族。

“我很早就知道你们俩的事了。尽管知道，但是在没有抓到确凿证据之前，我只好一直保持沉默。前天晚上，我终于拿到了确凿的证据。是在你的公寓拿到的，因为你家的窗帘留有一厘米左右的缝隙，不小心点可不行啊。尽管只有一厘米，把眼睛凑近看的话，足够看清了。我就是前天晚上从窗外看到的。不过，我不会当场闯进屋子里去，咬了咬牙忍住了。我决定今晚跟你把话讲清楚。”

他开始喝第三杯威士忌了。

“对不起。我们甘愿接受你的惩罚。”

事已至此，克彦只能低头谢罪了。

“你有思想准备就好说了。那么，我就说说我的条件吧。你今后必须断绝和明美的一切来往。不可以跟她说一句话，也不许通信。这是第一个条件。你听明白了吗？第二个是，你必须付给我精神赔偿费！数额是五百万元。考虑到你一下子拿不出来，限你每年付一百万元，五年付清。我想你现在恐怕连一百万元都没有吧？不过你可以从公司提前预支啊。这一点你还是办得到的。而且，只要你肯卖力工作，同时压缩你的生活开支，我想你可以还得了。这个数额是符合你的身份的。第一个一百万元，请你在一周内想办法筹集给我。你明白了吗？”

股野说到这儿，咧了一下薄薄的嘴唇，翘起的嘴角露出一丝冷酷的笑容。

“等一下！一百万元，我根本拿不出来。更不用说五百万元了，太出乎意料了。哪怕减少一半也好。即便一半对我来说都是天文数字啊！我必须不吃不喝去挣钱啊。不过，我会想办法的。请减一半吧！”

“那可不行。这事没什么可商量的。我是考虑过各方面后，认为这个数额对你最合适，才这么决定的。你如果不答应，就只好打官司了。而且，我还会将你过去的隐私统统曝光，让你在电影界混不下去。那样你也不在乎吗？那样你会特别难堪吧？如果觉得难堪，你只有支付我要求的数额这一条路可走。”

股野一口喝干了第四杯威士忌，舔了舔嘴唇，傲慢地说道。

对于克彦来说，主要不是钱的问题。让他和明美断交的第一个条件，就是他无论如何都无法接受的。因为他们俩都刻骨铭心地深爱着对方。然而，他又无法对明美的合法丈夫股野说出“把明美让给我吧”这样的话来。约定俗成的社会规则使他无法说出这种话，令他感到痛彻心肺，以至于在一瞬间，他竟然冒出了只有“死”才能与之抗争的念头。

“你准备怎么对待明美？你不会对明美也要惩罚吧？”

“这个跟你就没什么关系了。我也会教训她的，想怎么惩罚她，那是我的自由。”

“你的条件我全部接受。只是请你不要折磨她！都是我的错。”

“嘿嘿嘿，还是废话少说吧！你不知道吗？你这副愿为爱情牺牲的样子，只能更加激起我的嫉妒心。”

“我该怎么做才好呢？我爱明美。虽说对不起你，可是我实在无法克制对她的爱。”

“哼，你居然敢在我面前胡说八道。那好，我告诉你第三个条件——那就是要对你进行肉体制裁。”

股野从椅子上站了起来。原本就很苍白的脸上，因喝多了酒而愈加惨白，瞪着两只血红的眼睛。突然间，克彦只觉得头晕目眩，一下子从椅子上滑落下来，原来他被股野狠狠地打了一记耳光。

“你干什么？”

克彦大喊一声，朝着股野猛扑过去。这回股野被打了个措手不及，两个人揪扯着倒在了地板上，互相抓挠对方的鼻子、眼睛。最初克彦压在上面，但很快被股野巧妙地翻倒在底下，眼看就要被他那铁丝一般强韧的上臂扼住自己的咽喉了，克彦的脑海里突然划过一闪念：“他是想杀死我啊。”

“既然如此，我也不客气了！”

克彦两手拿起皮鞋，一边大声喊叫，一边像幼儿扑向欺负自己的孩子一样，使出全身力气与股野扭打着。不知何时他又翻到股野上面了，当他正要掐股野的喉咙时，股野拼命地躲避着，一扭身脸朝下了。

“蠢货，这样就更容易了。”

克彦骑在股野的背上，迅速把右胳膊伸到对方脖子下面，紧接着，用胳膊勒住他的脖子用力拉向自己胸前，恰似正在跟他闹着玩一样。股野的细脖子青筋暴露。克彦觉得就像勒着一只鸡的脖子。

股野拼命挣扎着，但此时他已经连伸手抓克彦的力气都没有了，他那原本苍白的脸已经变成了紫色，因憋闷而鼓涨着。

克彦仿佛听到女人的尖叫声。虽然听到了，但他根本无暇顾及这声音。他的右臂变得像钢铁一样坚硬，犹如机器一般一点一点越勒越紧，只听“咔嚓”一声，大概是喉管折断的声音。

虽然克彦无暇思考，但他内心已经意识到自己杀了人。此时他心里想的是："只要这家伙死了，就什么都好办了。"他不知道会有什么结果，只是感觉事情肯定会变好的。

虽然对方已经浑身瘫软，一动不动了，克彦还是一直用力勒着。虽然手感上已经知道对方鸡脖子一样细的颈椎已完全折断了，还是一个劲地用力勒着不松手。

此刻他只能听到自己的心跳像海啸般咚咚作响，除此之外，什么声音都听不到。他忽然感到整个房间寂静得有些非同寻常。不过，有个人站在自己的身后。虽然他没有问，也没有回头看，但他从刚才就知道有个人一直一动不动地站在那里。

他想转过头去，可是脖子就是不听使唤。好像落枕了一样动弹不了，费了好大劲，才勉强转了三寸左右，于是身后站着的那个人映入他的眼帘，就是面色苍白的明美。她的眼睛瞪得老大，眼珠都要迸出来似的，长这么大他还从没见过人的眼睛可以瞪这么大。

明美看上去就像一个丢了魂的蜡人，凝固了一般僵硬地站在那里，眼看就要歪倒下去似的。

"明美。"

克彦叫道，却没有发出声音。他的舌头像石头一般僵硬地转动着，根本说不出话，嘴里好像一滴口水都没有。他想做一个手势，可是手也动弹不了。夹着股野脖子的那条胳膊变得像铁棍似的毫无知觉。

他曾看过戏里有这样的场景，由于长时间握刀砍杀，等到战斗结束后，武士的手无法松开刀把，只好让人将手指一只一只地掰开。他想：看来我现在就和他们一样啊。当肌肉麻木的时候，只要能让血液流通就可以放松。于是，他极力放松肩膀，挥动手臂，感觉到血液向手指流去，和对方的脖子纠缠在一起的手臂终于松开了，虽然还是麻木的，但已经能够离开对方身体了。

克彦跪着膝行到圆桌跟前，然后吃力地伸出仍有些麻木的手，抓起威士忌酒杯端到自己嘴边，仰着头，把酒杯里剩的酒倒进嘴里。他感到舌头火辣辣的，但那口酒使得他嘴里涌出了些许唾液。

明美摇摇晃晃地向他这边走来。虽然没有发出声音，但她的嘴形像是在说："也给我喝点！"克彦的身体已恢复了一些知觉，他抓住圆桌，费力地站了起来，然后抓起威士忌酒瓶，把酒倒进高脚杯，将它端到明美的嘴边。金黄色的威士忌酒洒了出来，明美用自己的手托着酒杯，把酒喝了下去。

"他死了吧？"明美问。

"嗯，已经死了。"克彦答道。

虽然声音嘶哑，但两人终于能开口说话了。

二

克彦深信已经勒断了股野的颈骨，所以压根没有打算为他做人工呼吸，把他救活。

足足有十分钟，他瘫在扶手椅里一动也不动。恍惚觉得绞刑架的幻影从远处骤然向自己逼近，在眼前放大后，又一次从远处向眼前逼近。无数念头在他脑海里走马灯似的闪过，令他有些晕眩。其中如何才能逃脱目前的困难局面，保护自己逃脱法律惩罚的想法，渐渐变得鲜明起来，将其他想法都从脑海中驱逐出去了。

（现在我必须像电子计算机那样冷静、缜密地思考问题。股野的死难道不是意外的幸运吗？从此往后，明美就可以逃离牢狱，获得自由了。我可以独占她了。而且，股野的巨额家财都属于明美了。可是，我是杀人犯。如果这样束手无策的话，我会被关进监牢的。虽说我是因为冲动而杀人，应该不会被判死刑，可是，我的一生就全完了。自首和逃跑还是有一些差别吧。而且，也不是没有路可逃。我平时不是常常考虑这些事情吗？）

自从爱上明美，克彦开始憎恨股野了，他曾在幻想中上千次地杀死过股野。他曾经非常仔细周密地考虑过所有杀死股野的方法，以及所有能够逃脱罪名的手段。现在只要实施想象中的一种办法即可。

（时间非常紧迫。必须在十分钟内完成所有的准备工作。）

他看了一下手表，是七点四十五分，手表还没有被损坏。他又看了一眼酒柜上的座钟，是七点四十七分。

明美趴在克彦旁边的地板上，一动不动的。克彦走到她跟前，抱住她坐起来，明美突然紧紧搂住了他。在只有十厘米的近距离内，两人互相对望，审视着对方的眼睛。克彦明白，明美已经察觉到了他的想法。两人的眼睛都在鼓励着对方的恶念。

“明美，咱们必须要拿出钢铁一般坚强的意志来！咱们俩要一起演一出戏。必须冷静地扮演好剧中的人物。你能做到吗？”

明美用力点了点头，她的眼神仿佛在说：“只要是为了你，什么事情我都敢做。”

“今夜的月亮很亮。再过三四十分钟，最好有人从这座房子前面的路上经过……嗯，我现在冷静得很。所以我想起这么一件事。明美，我记得上次巡逻警察从房前那条路上经过，是在八点以后吧？好像什么时候，听你说过这事。”

“是每天晚上八点半左右。”

明美困惑地回答道。

“很好。还有四十多分钟的时间。比起过路的人来，还是巡逻警察最合适了。在那之前，咱们要做很多准备工作。一件都不能忘记噢……女佣肯定是明天回来吧？月亮还是那么亮吧……”

他跑到窗户前，从黄色窗帘的缝隙中望向天空。天空中没有一点云。近乎满月的月亮正好悬挂在窗户前方，皎洁如水。

（真是太幸运了！这明亮的月亮，巡逻警察，女佣不在。简直就像事先计划好的一样。只要明美能扮演好她的角色，就大功告成了。明美肯定没问题。她的舞台表演能力是相当过硬的，而且她习惯演男角。我必须彻底忘记杀了人的事，做好这出戏的导演。这种时候，恐怖是最大的敌人。绝对不能害怕！必须忘掉杀人的事！你要把倒在那里的家伙看成是假人。）

克彦竭力表现出精神百倍的样子。并且，努力把注意力集中于快速、机敏、细致的行动上去。

“明美，咱们俩今后是获得幸福还是堕入不幸的深渊，就看你和我在接下来的一个钟头内能否做到镇定自若了。你的演技尤为重要。这可是性命攸关的大角色啊！你绝对没有问题，小菜一碟。只要你不害怕，就不成问题。就像站在舞台上一样，你必须把刚才的事情全忘掉，明白了吗？”

“我一定能做到，只要你告诉我怎么做。”

明美虽然还在不停地发抖，也表示了自己的决心。两人的心思从来没有像今天这般默契过。

克彦在股野的尸体旁边蹲下来，为保险起见，摸了摸股野的心脏，不用说，心脏已经不可能跳动了。即使不特意去摸，用眼睛也能看出来是死了还是没死。通过他脸上显出的死相和他那无机物般的身体，就可以感觉到的。

藏青色的贝雷帽掉在尸体旁边，克彦先把它拾了起来。粗边玳瑁眼镜没有摔坏，还挂在死者脸上呢。克彦轻轻地把眼镜摘了下来。

（不过，要是脱下这件外套，回头再给他穿上，可就要费劲了。）

“明美，和这件同颜色的上衣，还有吗？应该有替换的吧？”

“有啊。”

“在哪儿呢？”

“隔壁卧室的衣柜抽屉里。”

“好啊，你把它拿来！等等，还有呢。需要一副白手套。皮的不行。最好是军用手套[1]，你家没有吧？”

“有啊。股野在战争时期，为了干农活买的。现在还有好多没用过呢。就在厨房抽屉里。”

“好的，你拿一双来吧！还有，需要两根结实的长绳子。不能是放在远处的绳子，隔壁卧室里有没有啊？”

“嗯，绳子之类的，一般衣柜里有吧。不过，结实的绳子嘛……啊，可以把股野的雨衣上的腰带解下来。还有就是……领带不行吗？”

“要比领带更长、更结实的那种绳子。”

“这样啊。对了，股野睡袍的腰带。那个比领带长一倍，而且更结实呀。”

“好啊，就把它拿来。另外……嗯，对了，这个计策我曾经仔细考虑过的。我记得你家里有一把用什么草做的扫帚形状的衣服刷子吧，我曾经见过的。那东西，现在需要用。有吧？”

“有啊，就在衣柜旁边挂着呢。”

---

① 日本的军用手套是白色的。

“好了，一样也不要忘了啊。全都得找齐了！我再说一遍。军用手套、两条带子、扫帚形的衣服刷子、短外套，还有这里的贝雷帽和眼镜。有这些就齐了吧？不行，等一等，还是领带合适。你从衣柜里给我拿三条质地软一点的领带来。除此之外，就是衣柜钥匙、这个书房的门钥匙、隔壁卧室门的钥匙，以及书房和卧室之间的这个门的三把门钥匙都要拿来，还有大门的钥匙。”

“军用手套、短上衣、衣服刷子、两条带子、三条领带、三把钥匙。”明美扳着手指头数着，“这个房间和隔壁的房间，还有中间房间的门钥匙全都是一样的，所以，除此之外，只需要找来衣柜的和大门的，一共三把。”

“不错，就是这样。啊，稍等一下！三把钥匙，平时放什么地方啊？”

“因为平时不锁衣柜，所以衣柜钥匙就挂在柜门的把手上。大门和房间的钥匙，股野裤子兜里和一楼我房间的小衣柜抽屉里，各有一把。”

“那就使用股野裤兜里的那一把吧。这个我回头取出来。你现在去把其他东西全部找齐。没时间了，一定要以最快的速度！”

此时明美已经不发抖了。她已经完全进入角色，在导演指挥下进行表演了。为了将所需要的东西尽快找齐，她飞快地跑到隔壁卧室去了。

克彦走到尸体旁边，在尸体的两个裤兜里摸索着，很容易就找到了那两把钥匙。他并没有觉得多么害怕。尸体还有些温乎。由于屋子里点着煤炉，很暖和。他想，即使再过三四十分钟，尸体还会是温乎的。

二人把需要的东西全部找齐了。克彦把它们全都放在圆桌上，确认之后，拿起那把扫帚形的衣服刷和一只军用手套，开始做一件奇怪的事。他把扫帚刷的草分成五束，然后分别把它们插入军用手套的五个手指里，转眼间就做成了一只以扫帚草为芯的戴手套的手。

“现在你已经明白了吧？由你来当股野的替身演一出独角戏。股野留着长发，所以你的长头发正合适，把头发稍微往后梳梳就可以。然后，你再戴上贝雷帽，戴上眼镜。这样一来，从鼻子往上就装扮好了。鼻子下面呢，你看，就用这只军用手套这样挡住。总之，就是假装有人从背后捂着你的嘴，不让你发出声音的样子。你要用自己的手假装要拽开这只戴着军用手套的手，实际上，你只要握着这个扫帚的把儿，把它伸到自己嘴巴前面就可以了。”

这些全都是克彦在幻想杀人的时候，反复琢磨、确认过的。连所有细节，他都想得很清楚。

“接下来，你在自己的毛衣外面套上这件短上衣。下身现在这样就可以。打开那扇窗户，探出上半身就行了。一个戴着军用手套的男人从背后抱住你，你从窗户探出上半身，一边想要用力拽着那只被军用手套的手攥着的手，一边大喊救命。由于是这种场合，你只要用略有些嘶哑的男人声音喊叫就可以。你把这个房间的灯关了，等到我和巡逻的警察一出现在门前，你就开始表演。如果警察没来巡逻，我会和一位过路的人一起来到门前的。你只须从窗帘缝隙中向外看，等着我出现。还有，你叫喊两三声之后，你要装成被那个戴军用手套的男人向后拉倒的样子，从窗口消失。从二楼窗户到大门，距离约有十米，毕竟是月光，即便再明亮，也是看不到那么细微的。再加上我会配合你引诱对方的注意力，不用担心被人看破的。你明白了吧？”

明美入迷地看着克彦兴奋的表情，听着他充满自信的说明，渐渐明白了他的计策。

“我明白了。这样就可以制造成你不在现场的证明。可以让证人看到，股野被杀时，你刚刚到门口。所以你说，最好是巡逻警察作为证人了。那样的话，虽然我在家里，但我只是个弱女子，不可能杀人的……哎呀，那样一来，我就应该看见那个人了吧？如果他们问我是个什么样的人……”

“你就说他是个蒙面的窃贼。”

“什么样的蒙面？服装呢？”

“就说他穿着黑色衣服。更具体的模样，就说你也没有看清楚。那个蒙面人不仅仅蒙住眼睛，整个脸都蒙上了。你就说他戴着鸭舌帽，从帽子上垂了一条像面纱那样的黑布。不用说，手上戴着军用手套。所以，指纹一点也没有留下。”

“明白了。其他的我信口说一下就得了。不过，人家会不会怀疑我自己就是案犯呢？因为我是个弱女子，所以不可能打得过股野？这个理由说得过去吧？”

“剩下的就是这条带子、领带和钥匙了。没时间了，我只能说一遍。你要注意听！待会儿你等我走出你家之后，马上把这个房间的门锁上。等到窗户跟前的那场戏演完了，你必须抓紧时间做完下面几件事。把军用手套从扫帚形的衣服刷上取下来，叠整齐后，暂时把它们放到隔壁衣柜的抽屉里，等以后再把它放回厨房原来的抽屉中即可。短上衣也放回原来的地方。刷子也挂到原来的钉子上。然后，你就拿着这条领带和这根带子，去隔壁的卧室，从里面把门锁上。把卧室去走廊的门也锁上。这样一来，除非有人砸破两扇门中的一扇门，不然无法进入卧室，所以你的时间是很充裕的。钥匙嘛，你可以把它们放进卧室某个小抽屉里。

“书房、卧室，以及大门这三个门，由于案犯作案后是锁了门走的，如果警察发现了小抽屉中的钥匙，你就说同样的钥匙共有三把。但是，事过之后，你最好把你房间里的小衣柜里的钥匙藏起来。这样钥匙就等于只有两把。

“你进卧室后，先要把这三条领带中的两条团成一团，塞进自己嘴里。然后用另一条领带把嘴巴紧紧系住。然后，你就钻进衣柜中去。你把挂着的衣服往两边推一推，就一个人的话，弯着腿，还是有靠着坐的空间的……你赶快试一试。”

两个人去了隔壁的卧室，打开大衣柜的门。不用试就知道，足够坐下一个人的。于是，两人又立刻回到圆桌旁边。

“你进入衣柜中后，把两腿并拢，把这条睡袍腰带缠在脚脖子上，把两头系紧。然后，从里面把衣柜的门关上。下面这个事情稍稍有些难。因为，这就像是颠倒顺序表演挣脱绳索的戏法一样。可是，这是谁都学得会的……你把两只手握紧伸出来。对，对！我用雨衣的腰带把你两只手腕捆住。如果是魔术师，无论捆得多么紧，他都可以挣脱。而你是外行，所以我故意给你捆得松一些。”

克彦一边说，一边把带子一圈圈地捆在明美两只手腕上，并系住了带子两头。

“这样就可以了。你把手掌伸开，一只手一只手地抽出来。因为绑得不紧，所以毫不费力就可以抽出来。你看，对吧。抽出来之后，带子就成了圆圈形状。你就拿着这个躲进衣柜里去。然后先把脚脖子捆好，再把这个带子圈放在自己身后的衣柜底部，把手向后伸，照刚才的做法，一只手一只手地伸进圈中。就是说要装成双手被人捆绑到身后的样子。虽然比较有难度，但只要花些时间慢慢做，你一定能行的……你在这儿稍稍练习一下！”

明美拼命练习着。她靠在房间角落的墙壁上，把带子圈放到自己身后，扭动着身体，伸右手时，就把带子往右边拉，伸左手时，就把带子往左边移，用眼睛的余光瞄着做。由于带子圈儿原本就系得不紧，所以没费太大力气，她就把两只手都伸进圈中了。

“不过，光是把两只手伸进去还不行，还要握紧拳头。并且，要使劲扭动手腕。对！对！这样一来，带子就会渐渐勒紧你的手腕，这样可以看上去捆得很紧，而且在扭动手腕的过程中，你的手腕会自然充血，肿胀起来，这下子你真的抽不出手了。这个方法虽然和挣脱绳索的魔术不同，但这回你最好能够这样做。等到人们发现你被关在衣柜里时，自然有人会给你解开的。

“做这件事时你不必着急，有时间慢慢做的。我刚一离开这里，你就把大门锁上。回头你还要将卧室的门锁上，所以，等我们看完窗边的那出戏，即使立刻赶过来，破门而入也需要些时间。然后，发现了尸体的话，还会在那里耽搁些时间，因此，到卧室里来，已经过了好一会儿了。所以，你可以慢慢把自己捆好。不过，完全没有被人发现也不行，所以，如果你听到有人进了卧室，就在衣柜中使劲挣扎，弄出一些声音来，就会引起别人注意了。你明白了吧？为了慎重起见，你把我刚才讲过的事情，再重新复述一遍。这样就不会忘了。哪怕做错一个步骤，都会惹祸上身啊！”

于是，明美就把这出复杂的戏，按照顺序准确地复述了一遍。不愧是当演员的，一点也没有出错。

“厉害！这样就行了。你一定要做得不出一点差错！我现在把留在这里的正门钥匙和衣柜钥匙装进口袋里，到外面去。为什么这么做呢？因为你是被犯人关在衣柜里的，所以，案犯按理说会锁上衣柜门离开。可是，因为你是自己进里面去的，无法自己用钥匙锁门。所以，我把钥匙带出去，回头我和另外什么人一起进来时，趁他不注意，再悄悄地把衣柜锁上。就是这样的顺序。另外，锁上大门的意思就不用我说了吧。是为了拖延我们进入这所房子的时间嘛。”

“哎呀，你连这些都想到了呀！你想得实在太周全了。那么，我被关在衣柜里又为什么呢？”

“这不是很明白的吗！因为那人只恨股野，他并不想连股野的漂亮妻子也一起杀掉。由于他是蒙面的，你看不见他的脸，所以也就没必要杀你了。可是，他需要时间逃跑，如果不控制住你，你会立刻给警察打电话的。而且，你也会喊叫起来，告诉附近的人。那样一来，案犯就逃不掉了。所以，他必须塞上你的嘴，把你关起来。那样一来，直到明天早晨，他都不会被人发现的，他就是这么盘算的。

“与此同时，从咱们的角度来说，把你关进衣柜里，是为了证明你也是受害人之一，绝不是案犯的同伙。明白了吗？”

明美深深点了点头，用敬畏的目光望着情人兴奋的面孔。克彦迅速看了一眼手表。时间是八点十五分。

“到此为止戏就演完了。不过，现在还有一件事要做。你知道怎么打开那边的保险柜吗？”

“虽然股野对我也保密呢，可我还能不知道吗？要打开吗？”

“嗯，快点打开！”

在明美开保险柜的工夫，克彦站在火炉跟前，往炉子里加了一些煤，又把炉子下部筛煤灰的拉手哗啦哗啦拽了几下。

“保险柜中应该有借款条吧？”

“嗯，有啊。还有现金。”

“有多少？”

“有一沓十万元的，还有一些零钱。”

“银行存款单及股票之类的不要动，你只把那沓借款条和现金拿到这儿来。保险柜就让它这么开着。”

明美把东西拿过来后，克彦翻看了一下借款条。没有时间细看，令他觉得遗憾。他还看到几个熟人的名字。大致看来，是一笔相当大数额的钱。

“你要这些打算做什么？”

“我想把它们扔进炉子里烧了。现金也一块烧了。”

“你这是善举啊。”

“嗯，我是想让警察认为案犯为了帮助其他向股野借钱的人，把借款条全部烧了。当然案犯自己的借款条也在其中。股野既没有找人做担保，也没有办理公证，所以，只要这些借款条不见了，那些人就没有还钱的责任了。不过，借款登记簿还在。看了登记簿，就知道欠债人都是谁了。于是，警察就会像抓虱子一样，一个一个地调查登记簿上的欠债人。只是他们永远也找不到案犯。就是这么回事。烧了借款条的案犯要是看到那些现金，是不会留下的，这是很自然的。可是，如果我们把这些钱拿走去花的话，是很危险的。因为股野一向做事细致，他说不定已经把纸币上的号码记在什么地方了。所以，现金也得在这儿烧掉。先烧纸币吧。”

又花费了宝贵的三分钟时间，克彦盯着纸币化成灰烬，还将灰烬扒拉碎之后，又将一沓借款条扔进了炉内，剩下的事就交给明美了。克彦穿上放在门口长椅子上的大衣，从大衣口袋里掏出手套戴上，拿出手帕，将放在圆桌上的威士忌酒瓶和高脚杯上的指纹擦去后，放回到原来的酒柜上。又把圆桌上面、火炉铁钩子、保险柜门和房门的把手等，凡是有可能留下指纹的地方，都小心地擦拭了一遍。最后，把衣柜钥匙放入自己衣服口袋里，说："好了，马上开始准备吧！一定要小心啊！"

克彦说完话，正要走出大门去，明美喘着气追了上来。

"如果一切顺利，当然好，如果不顺利，那咱们以后就再也见不到了。"

明美揽着克彦的肩膀，眼泪汪汪地贴在克彦的胸前。她啜泣着，那可爱的嘴唇让人心疼，两人亲吻着，紧紧拥抱在一起，久久不愿分开。克彦的脑海里突然掠过一个念头，这亲吻的感觉就像是男女殉情之前的诀别之吻一样。

听到明美从房间里面"咔嚓"一声锁上了门，克彦急忙跑下了楼梯。反正他已经戴上了手套，摸什么地方都不要紧了。

他从里面锁上了大门。然后，来到厨房，找到一只杯子，咕咚咕咚地喝了好多水，最后把大门的钥匙放进了厨房的橱柜里。

厨房外面的地面，由于近来天气晴朗，所以很干爽。而且，地上还铺了石板，不用担心会留下脚印。他没有关严厨房的后门，留出了两厘米左右的缝隙，便走出了后门，狭窄的小胡同里的石子路也很干爽。

三

月光亮如白昼。不能被人看见，克彦小心翼翼地留意着周围，一拐弯，就来到了大路上。没有碰到任何行人，也没有人从其他房子的窗口窥视他。与河沟并行的马路，在月光下，能看到很远的地方。看不到一个人影。他看了一眼手表，八点二十分。离八点半还有很多时间。

污水河在月光映照下，闪着银色的光。四周寂静得恍如无声的海底。河对面不知是什么树上的圆叶闪闪发光。道路这一侧的枣树篱笆的叶子也闪烁着光芒。

（多美啊！就像童话故事里的国家一样。）

对这个毫无情趣的街道，感觉如此美丽，还是有生以来第一次。克彦不由得吹起了口哨。这不是为了伪装，是自然而然地想吹口哨。口哨的余音仿佛蒸发到月亮中去了似的，消失在空气中。

（等一下，还要再确认一遍……）

克彦的思绪立刻回到了现实中来，因不安而打起了哆嗦。

（听到窗口传来的喊叫声，跑到大门外，再进到房子里面，这期间所需要的时间是至关重要的。在此期间，那个虚拟的案犯必须做完一连串的事情。事后回想才发现时间不够的话，可不得了。危险！危险！那就是所谓的犯罪者的疏忽了。必须好好考虑一下还有没有……

虚构的犯人是否应该在股野向窗外求救后，立刻将他勒死呢？

不，不是那样的。他应该先让股野打开保险柜。否则的话，就无法烧掉借款条。不过，让他打开保险柜是件很容易的事。只要把卡在他脖子上的手或收紧或放松，来威胁他就可以了。与其被杀死，不如打开保险柜，所以，股野会打开保险柜的。让他打开之后，才立刻勒死他的。然后犯人就把尸体扔在那里，从保险柜中取出借款条，扔进火炉里，把现金装进自己口袋。虚构的犯人一定会这么做的。这些事必须在一至两分钟内完成。因为明美听到丈夫的喊叫声后，肯定会上二楼来的。不，在那之前，还有一件要做的事情。那就是在衣柜翻找，找到带子及领带什么的。可以假设虚构的犯人事先知道衣柜在哪儿。那样的话，要找绳子时，就自然会首先打开衣柜的。不过，在黑暗中，能干这些事吗？卧室里也会有月光从窗户照进来的，但光线会不会太暗呢？假设案犯拿着手电筒呢？他准备好带子和领带，等着明美进来。这也必须在一分钟内完成。那时，明美也许已经进入书房了。不管怎样，案犯抓住明美后，立刻堵上了她的嘴，不让她发出声音来，然后再捆绑她的手脚，把她关进衣柜里。这些事必须在二到三分钟内完成。虽说对犯人的本领要求很高，但也不是做不到。加起来要给虚构的犯人四五分钟时间。所以，不能很快就砸破大门。就是说，一定要在虚构的案犯从后门逃走之后，再砸破大门。这个时间的把握是最难的。好吧，我要想尽办法做到。）

克彦飞快地转动着脑筋，转眼之间，就想了这么多的事情。虽然天气寒冷，他却出了一身的冷汗。

还要再等一会儿。就在他等得不耐烦之时，终于听到身后传来一阵“咯噔咯噔”的脚步声。听走路声音不像是普通的行人。今晚这出戏终于要迎来高潮了。

他回头一看，果然是巡逻的警察。不过，不是两个警察一组的。看来这一带是单人巡逻的。

于是克彦迈开步子走起来。走了二十步左右，就到了股野家大门附近。他站在门外，向二楼的窗户看去，只见那扇窗户被哐当一声推上去了。房间内是黑乎乎的。这时，窗帘被人用手掀开，露出了一张人脸。那人头上戴着贝雷帽，脸上戴了一副粗边玳瑁眼镜，还戴着白色的大手套，穿着茶色短上衣。

白色的大手套从后面伸出捂住了那人的嘴。那人痛苦地挣扎着。紧接着，那人从捂在他嘴上的大手套缝隙中，发出一声嘶哑的惨叫：

“救命啊！”

克彦故作惊呆了的样子站在那里。他听到身后奔跑过来的脚步声。看来巡逻的警察也从低矮的院墙外看到了刚才那一幕。

“救命啊……”

又听到一声喊叫。可是，那声音被人捂住了。接着，窗内的人影像是被那个戴白手套的人给拉进去了，消失在黑暗的房间里了，只剩下窗帘在月光下晃动着。

“你在干什么？”

那位警察正要向大门里跑去，突然怀疑什么似的对站在大门口的克彦问了一句。他是一位可算是美少年的年轻警察。

“这是我朋友的家。我这不正要去他家呢。我叫北村克彦，是从事电影工作的。”

“那么，你认识刚才在窗口喊叫的那个人吧？”

“那个人好像是我那位朋友。他叫股野重郎，以前是男爵。”

“那我们马上进去看看吧！好像是出事了。”

（太好了，这就争取了一分钟。这时，虚拟的案犯已经把借款条扔进了火炉，正朝衣柜走去。）

克彦和那位帅气的警察一前一后，向院门跑过去。他们按响了门铃，可是没有人开门，又一连按了好几次，还是没有任何回应。

“奇怪啊，家里没有其他人了吗？”

“他们家是男主人和他妻子及女佣三人一起生活的。只有男主人一个人在家，不太正常，因为他妻子和女佣都不常出门的。”

（又过了一分钟。现在即使绕到后门去也不要紧了。）

“没办法。我们绕到后门去看看吧！如果后门也关着，就只好从窗户进去了。”克彦主动建议。

“你知道去后门的路吗？”

“我知道。往这边走。不过，隔着一道木板墙，必须先打开那个木板墙的门。”

木板墙的门也关着。警察用手推了推那扇门，稍稍想了想，用充满自信的口气说：“砸破这扇木板门很容易，但如果后门也锁着的话，就耽误时间了。与其这样，就不如绕到正门，打开大门。”

说着，他已经向正门方向跑去了。

“你是要砸破正门吗？”

“不，没有必要砸破它。请看这个！”

警察返回正门口，从口袋里取出一根黑色铁丝一样的东西。然后他把那东西的顶部稍稍弄弯曲，将它插入门的锁眼内，“咔嚓咔嚓”地来回拨弄着，再将它抽出来，调整一下弯曲的角度，这样反复了好几次。

（哎呀哎呀，原来这是他开锁的办法啊。近来连警察也干这种事情了吗？不过，即使那样也算运气了。刚才先走到木板墙那里，再返回到这儿来的，这位先生再这么“咔嚓咔嚓”地折腾一会儿，时间就过去两分多钟了。这样就拖延了五分钟了。估计他用铁丝打开门，还需要一两分钟吧？）

然而，还没到一分钟，只听“咔嚓”一声，锁就打开了。当时由于时间紧迫，两人立刻进了屋内。但是后来，那位美少年警察对自己开锁一事，曾对克彦这样解释：“我喜欢看侦探小说，但小说里的警察，在需要尽快打开从里面锁着的门时，一般是用身体将门撞开。可是今天的警察已经不需要那种野蛮之举了。用一根铁丝捅开门锁的办法，是从前那些溜门撬锁的小偷想出来的。不能说因为是小偷发明的办法，警察就不可以使用啊。这几年，就连我们这些新警察，都要学会使用铁丝开门锁的技术。因为使用这个办法比用身体把门撞开反而更快。”

就这样，两人进入了黑暗的门厅。屋子里静悄悄的，听不到任何动静。

“喂喂，有人在吗？”

“股野君，夫人，阿姐也不在吗？”

两人齐声喊叫，却没有任何回应。

“可能没有人吧？”

“没关系，我们上二楼去看看吧！现在不能耽误时间了。”

（又过了一分多钟。现在你再怎么催我都没关系了。）

两人跑上了二楼，来到书房门口。

“刚才那扇窗户就是这个房间的，是男主人的书房。”

克彦一边说，一边转动着门把手。“开不开，锁着呢。”他说。

“还有其他入口没有？”警察问。

“从隔壁的卧室也能进去。就是那扇门。”

这回警察转动门把手，门也是锁着的。

“喂，股野，你在里面吗？股野，股野……”

没有人回答。

“没办法，又得破门了。”

“我来试试吧！”

警察又取出刚才那根铁丝，插进钥匙眼里鼓捣起来。这次比上一次更快地打开了锁，门被打开了。

两人立刻进入了房间里面，里面一片漆黑，什么都看不见。克彦顺着墙壁，摸索到了电灯开关。

灯亮了。只见两人眼前的地板上躺着一个留着长发、穿一件茶色短上衣的男人。

“啊，是股野君。他就是这家的男主人。”克彦喊叫着，跑到那人身旁。

“不许碰他！”

警察阻止道，自己也盯着股野的脸看了半天，说道：“好像已经死了。脖子上有很深的勒痕，应该是被掐死的。电话在哪儿？这家里应该有电话吧？”

克彦朝办公桌上指了指，警察立刻跑过去，拿起话筒。

打完电话，两人一起察看了二楼及一楼的所有房间，才知道夫人和女佣都不在。

“案犯大概趁我们开正门时，从后门逃走了。现在追也来不及了。保护现场更重要。”警察说着，又返回了二楼。书房隔壁的卧室，由于两扇门都锁着，他怕耽误时间，就推迟到现在开锁了。警察又从口袋里掏出那根铁丝，先打开了卧室通往走廊的门，两人进了卧室。警察先看了看床下面，然后立刻着手解决卧室和书房之间那个门。

克彦趁此时机，装作若无其事的样子走到衣柜跟前，掏出口袋里的钥匙，背靠着衣柜，将衣柜的门锁上了，然后把钥匙扔进衣柜和墙之间的缝隙里。正背朝着他，一心开锁的那位警察，一点都没有注意到。

卧室和书房之间的门好不容易打开了。警察松了一口气，正想走进尸体所在的书房，这时，不知从何处突然传来“咔嗒咔嗒”的声响。

“怎么回事？刚才我听到了奇怪的声音啊。”说着，警察看了一眼克彦。克彦的眼睛正看着衣柜呢。这时，又从衣柜里传出“咔嗒咔嗒”的响声。而且，衣柜还在轻轻摇晃。年轻警察的表情唰地紧张起来。

他大步走到衣柜跟前，伸手去开门，却打不开。

“谁呀？是谁在里面？”

里面没有回答，但里面“咔嗒咔嗒”的响动更加剧烈了。

警察拔出腰间的手枪，拿在右手上。这回他没有用铁丝，而是用左手使劲向外拉门的把手。衣柜的门是那种向两边打开式的，即使上了锁，只要使劲拉，门就会被拉开的。所以啪的一下就打开了。于是一个很大的物体“骨碌骨碌”地从里面滚了出来。

“啊，明美太太！”克彦用真的吓了一大跳似的声音喊道。

“这个人是谁啊？”

“是股野君的夫人。”

警察把手枪插回手枪套里，蹲在地上，解开绑在明美脸部的领带，又从明美嘴里取出塞嘴的两条领带。

在此期间，克彦察看了一下明美绑在身后的手腕。干得真不赖！带子勒进手腕的肉里，完全不会令人怀疑是她自己捆绑的。这样就放心了。克彦故意转身去解明美脚脖子上的带子，让年轻警察去解开明美手腕上的带子。

带子全部解开之后，他们两人搀扶着明美，让她在床上躺下。

“给我水！”

明美发出可怜的声音要水喝，克彦急忙跑到厨房，用杯子端来水给她喝。看样子她是真的口渴了，接过杯子，相当逼真地一口气将一杯水全喝光了。

等明美稍稍平静下来，年轻警察取出笔记本，将她的陈述从头到尾地记录下来。明美的表演可以说无可挑剔。

由于今天傍晚让女佣回她自己家了，所以她和丈夫两个人的晚饭比平日要晚，当时她一人在厨房收拾碗筷。好像听到丈夫书房里有些响动，还听到丈夫的喊叫声。于是，为了看看发生了什么事，她就上了二楼，打开书房门一看，里面一片漆黑，就感觉不对头，伸出手去想要打开墙上的电灯开关，突然被人从背后抱住了，嘴里被塞进去一团像是丝绸一样的东西，连话也说不成了。

然后，她被那人推倒在地，两手被捆绑到身后，连两腿也被绑上了。在此期间，她借着月光，模模糊糊地看到了犯人的样子。那人好像穿一件黑色的西服。可个子是高还是矮、是胖还是瘦，就没什么印象了。总之，那人似乎没什么明显的特征。脸部也完全看不见，因为他戴着一顶黑色的鸭舌帽，脸上还蒙着一块像面纱一样的黑布。他一句话都没有说，所以也不清楚他的声音特征。

在月光下，她还看到丈夫股野脸朝下趴在地上。不知是被人杀死了，还是昏迷过去了。但她觉得丈夫肯定被那个蒙面人打倒了。她还隐隐约约看见保险柜的门开着。所以，虽然她觉着那人可能是强盗，但又觉得不像是一般的强盗。

之后，案犯抱起捆绑了的明美，把她放进卧室的衣柜中，又从外面把门锁上了。然后那人好像就走了。

案犯始终没有说话，动作非常敏捷，所以，明美感觉从被塞住嘴到被关进衣柜，几乎没到三分钟时间。

明美在讲述时，中途从床上坐了起来，经过仔细回忆，大致讲了以上这些话。她已经完全进入了角色，讲话的样子异常逼真，甚至大胆地流露出自己不爱丈夫股野的意思。

那位美少年警察似乎有些惶恐，大概是担心这位美貌的夫人亲眼看见丈夫惨死的模样，不知会多么伤心，但明美则表现出作为妻子，此乃理所当然似的，被警察扶着，来到丈夫的尸体旁边。她虽然多少掉了一些眼泪，却并没有抱着尸体放声大哭。

不知不觉，时间已经过了九点半。从这个时间开始，股野家一下子热闹起来。因为辖区的警察以及警视厅方面，陆陆续续地赶来了很多人。

明美在侦缉一科科长和警长面前，不得不屡次重复刚才对年轻警察讲过的话。随着每一次重复，她都会增添一些无关紧要的枝节，因此讲得越来越巧妙了。就连克彦都对她具有如此强的表演能力刮目相看。

克彦自己也被问了许多问题。除了今晚的事情之外，他都做了如实的回答。他采取的态度是，即使别人察觉到他爱着明美也没关系。因为从远处赶来的杀人事件目击者，这一不可动摇的不在现场的证明，使他变得如此大胆，而与此相辅相成，他的说话口气没有一丝不自然。

检验科员报告说，股野是被强壮的胳膊扼杀的。门把手及室内其他平滑的物件表面都被人用布类的东西擦去了指纹，因此虽采集了一些指纹，但恐怕难以找到案犯的指纹。此外，在正门及后门附近都没有发现明显的脚印。

检验科的人也没有忽略火炉里有一些纸张被烧毁的灰烬。根据明美的证词，警方判定那是一些借款条。还查明了保险柜中丢失了十几万元的现金。与此相关联，警察又从股野的办公桌抽屉里找到了借款情况登记簿，并予以没收。

尽管进行调查的警察们什么都没有说，但很容易推测出，侦查工作已经朝着股野目前的债务人方向展开了。恐怕登记簿上的人，将会被一个一个地过筛子吧。

股野的双亲早亡，又没有兄弟姐妹，是个孤独的守财奴。所以，此时可以打电报叫来的近亲一个都没有。推心置腹的朋友也很少，一定要找的话，克彦勉强算是他最亲密的友人了。

明美的父母住在新潟，但她的姐姐嫁给了一位在东京三共制药公司工作的职员。所以，警方暂且打电话把他们夫妇请来了。忙这些事的时候，天已完全黑了，于是克彦当晚也留宿在股野家了。

第二天，日东电影公司的经理，以及股野的朋友们都赶来帮忙，但其中最了解情况的人还是克彦，所以，他不能不作为主角忙碌起来。在杀人事件发生后的第三天，顺利地举行了股野重郎的葬礼。

无论是克彦还是明美，都渡过了这个难关。在外人看来，死者的家人由于忙于办丧事，一时忘记了悲痛，对罪犯所抱的恐惧感似乎也被冲淡了。一来是因为他们俩对此事有着十二分的把握，二来也是出于敢于犯下此种罪行的人所具有的某种冷血性格，总之，他俩丝毫不感到害怕，坦然地度过了那几天。

四

一个多月过去了。最开始那段时间，无论是明美家，还是克彦的公寓，都常常有警察光顾，他俩不得不回答一连串令人感到厌烦的盘问。好在只不过持续了一段时间，这阵子他们好像被警察遗忘了似的，已经没有人为了案件登门了。

克彦已于大约十天前，搬出自己所住的公寓，搬到明美家，和她同居了。对于相爱的两人来说，这是极为自然的事情。朋友们也没觉着有多么奇怪。在克彦看来，如果我是杀人犯，肯定不敢这样做的，因此这么做反而可以证明自己是清白的。

他这次杀人，仔细想来，完全可以说是正当防卫。因为险些被对方杀死，所以才杀死了对方。因此，和有预谋的杀人相比，他们俩在精神方面的痛苦要少得多。可能是由于这个缘故，他俩从来没有噩梦连连、夜不能眠的时候。如果将正当防卫之事公开，他们两人可能会更轻松。但那样的话，他和明美之间的恋爱就彻底完了。肯定不会像现在的状态这么令人满意。正因为不愿意分开，克彦才费了那么大一番周折，实施了一个可以证明自己不在现场的计谋。

他们过得很幸福，仍旧雇用以前的那位女佣，建立了一个新的家。没有任何人打扰他们。明美毫不费事地继承了股野的财产。他俩可不是像股野一样的守财奴，所以，过着相当奢侈的生活。

（世上的人也太愚蠢了吧。我的足智多谋竟然胜过警察。而且也没有其他人怀疑我。这就是说，我胜过了社会上所有的人。这不正是所谓“完美的犯罪”吗？现在回头想想，我当时真的智慧过人，想了个好主意啊。杀人者从远处目击杀人场面。这样的计谋恐怕连侦探小说作家都想不出来吧。不对，也不是没有。不是有一本叫作什么《皇帝的鼻烟壶》的小说吗？我曾经读过。不过，那只是口头上哄哄人而已。听的人因为生病整天躺着。于是，讲故事的人就好像发生在眼前似的给他讲一些根本不可能发生的事。实际上，根本不可能有那么凑巧的事。如果听的人问一句“哪儿呢？哪儿呢？”从床上爬起来，真的去看的话，那不就穿帮了吗？然而，令人遗憾的是，我这个了不起的计谋不能展示给世人看。就连与此相类似的情节，也不能写进小说或是电影剧本里。最好最美的东西是不会出现在世间的，这个自古以来的老话，正是说的这样的事啊。）

一旦觉得安全了，而放下心来之时，骄傲自满的情绪就渐渐开始滋生，那种害怕万一被发现的恐惧心理逐渐变得淡薄了。

有一天，就是在案件发生后大约一个月的一天，东京警视厅负责这个案子的花田警部，突然登门造访。花田是从一名普通警察凭着本事一步步走到今天的，目前在侦缉一科处于重要地位，据说他实际办过的案子数量，在部门内数第一。

克彦将花田警部请进二楼书房。穿着一身西装的花田警部微笑着接过克彦递给他的一杯黑标威士忌。当然这不是出事那天晚上喝的威士忌了。自从出事以后，不知为何，克彦开始喜欢上了黑标威士忌。明美也显得有点担心似的走过来陪客。她曾经是股野的妻子，参与谈话也是很自然的事。

“你们还住在这间屋子里啊，不觉得害怕吗？”

花田警部一边毫无顾忌地打量着整个房间，一边笑着问道。

“没觉着害怕。我不像股野那样欺负人，即使住在这间屋子里，也不会碰上他那样的倒霉事吧。”克彦也微笑着回答。

“夫人也过得不错啊。有了北村君这样一位后盾，反而比以前更幸福了吧？”

“虽然这么说有点对不住死去的丈夫，可是说实话，我和他在一起时，真是太痛苦了，简直没办法形容。您也知道，他就是那样一个招人恨的人。”

“哈哈哈哈，夫人真是爽快人啊！”警部爽朗地笑着，“不过，您两位大概会结婚吧？我听大家这么说。”

克彦觉得这种谈话好像有点不同以往，就改变了话题。

“这个事还是往后推一推吧。我倒是想问问，案犯还没有找到吗？已经过去不少日子了啊。”

“提起这事，轮到我不好回答了。说句不好听的，我们现在走进迷宫了。我们已经想尽了各种办法，可还是找不到嫌疑人。”

“你的意思是说？”

“因为我们已经调查了股野那本登记簿上的所有债务人。但是里面没有一个值得怀疑的人。大部分人都有确凿的不在现场证明。至于那些没有不在现场证明的人，从各种角度调查之后，可以确定他们都是清白的。”

“我想除了债务者以外，股野还应该有不少仇人吧……”

“那个我们也尽可能调查过了。从你和夫人那里听说的，以及从其他电影界人士那里听说的股野的朋友关系，我们全都查过了，也没有发现嫌疑人。调查结果如此清楚的案子，实在很少见。一般案子调查后，通常都会留下那种牙缝里塞了东西似的感觉，可是这个案子一点没有那种感觉。实在是一清二楚得让人觉着不可思议。”

克彦和明美都默默无语。

（真不愧是警视厅啊，竟然调查得那样彻底。看来我们也必须多加小心啊。是不是我当时做得有点过头了呢？不如不烧借款条更好吧？借款条被拿走的人里可能有案犯，但如果其中没有案犯，警察必然会深入思考其中的缘由。就是说除了设法证实那些看似确凿的不在现场证明是不成立的，再没有其他办法了。那样一来，我不在现场的证明说不定也会被重新调查的。不，那是不可能的。我何必这样害怕呢？我当时不是距杀人现场有十米远的距离吗？我是凶手，在物理学上是不可能的事。再说，我不是还有巡逻警察这样一位无比确凿的证人吗？）

“所以，我今天特意前来，请你们两位再好好回忆一下。除了以前听你们讲过的之外，还有没有你们一时忘记的股野的熟人，或是跟他稍稍有点仇的人呢？特别是想请夫人回忆一下。”

“嗯，那样的人我可是一个也想不起来啊。我和股野结婚不过才三年，可以说，对他结婚之前的情况，我一点都不了解……”

看起来明美的确想不出任何人了。

“股野君对谁都不说真心话，他是那种喜欢独处、自闭的性格，所以，不仅是我，无论谁都不了解他内心深处的东西。他平时又不记日记，连遗书都没有写过。”克彦说。

“是啊，这也是让我们感到头疼的地方。在这种情况下，如果他没有可以推心置腹的朋友的话，我们的侦查工作就很难进行了。”

说到这里，花田警部没有再提及案子的事，聊起了一些闲话。他讲话非常风趣，克彦和明美都听得津津有味，竟然将案子的事忘得一干二净了。警部和克彦两人你一杯我一杯地喝着威士忌，渐渐有了些醉意，聊起了下流的话题来。明美由于是电影界的人，对这种稍有点出圈的话题并不很反感，三个人都聊得兴高采烈，如沐春风一般。

花田警部那天在他们家里待了三个多钟头才告辞。打那以后，他就隔三岔五地来他们家做客了。

真凶和警视厅大名鼎鼎的侦探成了好朋友，密切交往，这对克彦的性格来说，有着特别的魅力。随着花田警部来访次数的增多，两人之间也逐渐亲密无间起来。

有时把女佣阿清也叫上，他们四人一起玩麻将。也玩过扑克牌。已经过了三月中旬，所以每逢暖和的星期天，他们夫妇两人会邀请花田和他们一起外出游玩。而且，在夜晚，有时三人会一起去新桥附近的酒吧，并排坐在吧台前，喝喝洋酒，不醉不归。

每次一起出门，曾经当过女演员的明美的姿色和社交术无可比拟。喝过几轮酒之后，花田警部有时会和明美开开玩笑。这甚至让克彦猜想花田警部频繁上他们家来，会不会是被明美的魅力所吸引。花田警部虽然穿一身漂亮的西装，仍然难以掩盖他那长期磨炼出来的警察特有的粗鲁性格。再加上他长了个方脸庞，面如重枣，所以克彦对此丝毫不介意。他甚至觉得如果著名侦探爱上杀人犯的女人（也是同谋），实在是一个刺激的游戏。

克彦和花田有时会热烈地谈论侦探小说这样的话题。

“北村，你不是写了好几部侦探电影的剧本吗，我也看过一两部。由于工作关系，我也算是个喜欢侦探小说的人。”

花田似乎读过不少书。

“隐藏案犯的那类电影好像不大吃得开啊。我写的也大都是那方面的题材，所以大部分都失败了。还是惊悚的好啊。或者是那种倒叙式的侦探小说。从一开始就知道案犯是谁，而且最好是那种带有悬疑或惊悚情节的片子。”

“怎么样？你觉得股野这件案子可以拍成电影吗？”

“这个嘛……”克彦一边思考一边回答。他脑海里，那时他和明美演的那出戏，和虚构案犯的行动场景混淆在一起了。无论何时，都必须将二者清楚地区别开来考虑。总之，话可不要说得太多啊。“被害人在月光照耀下，向窗外大喊救命的场景，倒是很有画面感啊。还有就是这位女士。”说着，他扭头看了一眼身旁的明美，“她从衣柜里出来时的情景，还有保险柜前的格斗，也都不错。但除此之外，就没有其他任何材料了。如果借钱的人不是案犯，那就连动机是什么都搞不明白了。所以即使你想让我把它写成一部电影，恐怕我也写不出来啊。”

“窗口杀人那个场面的确很不错啊。因为是你亲眼看到的，想必印象一定非常深刻了。可以称之为‘月光下的杀人案’吧。”

（危险！危险！关于窗口的事如果谈论太多了，也许会被他发现什么的。最好不要谈论这方面的话题。）

“花田，你也很有诗人的气质嘛。在调查充满血腥味的犯罪案件过程中，有时也会感受到诗意吧？还会感受到所谓‘物之哀’[①]吧？”

“要说‘物之哀’可就太多了。我这个人就属于那种动不动就同情案犯的性格。这是个坏毛病。在查办案子时，这种诗人般的多愁善感可是大忌啊。”

说着，两人一齐大笑起来。

就这样，在案件发生后近两个月的时候，一天，花田又上他们家来了。他说了一些让克彦吃惊的话：“你一定知道那位私家侦探明智小五郎先生吧？我和他已经认识有六七年了，一直常常向他讨教一些问题。由于从他那儿得到一点小启示，而成功地侦破案件的例子也有不少。过去的人认为，堂堂警视厅的警官去向一位民间侦探求教，有失颜面，常常会被人说三道四。现在可不一样了，首先，我的一位上司、侦缉一科科长安井就是明智先生的好朋友，所以已经没有人再说什么了。”

他的这番话对克彦来说，太出乎意料了。克彦感觉自己腋下流出了冷汗，说不定自己脸色也变了呢。

（要镇定！因为这个就沉不住气的话，迄今为止的努力不就付诸东流了吗？一定要装作若无其事，若无其事！不管是明智小五郎还

---

① 日本传统美学理念。

是什么人，不可能有人看破我那个计谋的。因为能够成为证据的蛛丝马迹一点都没留下。不过，我也是，为什么一次都没有想到过明智小五郎这个人呢？把这个人彻底给忘了。从很早以前，我在空想中研究如何杀死股野时，居然一次都没有想起过明智这个名字。真是不可思议！我曾经读过明智的全部破案故事，甚至有一段时间对他非常着迷。之所以没能想起他来，可能就是所谓的“盲点”吧。我可能是陷入明智喜欢说的“盲点”了吧。）

“关于这个案子，”花田继续说道，“我也询问了明智先生的意见。他说这是个非常有趣的案子。于是我请他来看看现场，可是他说，即使不去现场，听我详细讲讲也行。所以，我后来经常去找他，除了调查的经过外，我还把这栋房子的布局啦、保险柜、火炉、衣柜的位置啦，以及其他家具的位置，锁门的情况，房前的道路与房门和建筑物的关系，后门的情况，还有和你们两位谈话的内容等，都一五一十地讲给他听了。并且征求了明智先生的意见。”

克彦直勾勾地盯着花田的脸，好像想从中读出些什么来似的，花田的表情显得有些奇怪。虽然嘴角还浮着笑意，但那笑容也可以看作是讥讽的笑容。总之，那表情给人感觉有些装腔作势。

（哼，原来如此啊。原来玩麻将、玩扑克，还有喝酒，全都是明智小五郎的指示啊。花田一直在等着我和明美露出破绽呢。事情变得越来越严重了。必须给明美讲清楚这其中的利害。不过，等一等！我也许输在自己太多虑了。也许是我把一些无关紧要的事情想得太多了吧。犯罪者心怀恐惧是最不利的。因为往往是犯罪者自己不打自招的。绝对不能被命运左右。只要不害怕，我们就是安全的。我一点都不后悔。像股野这样的坏家伙被杀死是理所应当的。有很多人为此感到高兴呢。所以，我完全没有受到良心的谴责。所以，也不应该害怕。要镇定！只要能镇定地应对，我们就会安全的。）

不过，所谓镇定地应对，对于克彦这样一个正常人来说，是相当困难的事。那简直像是在和神搏斗。

“那么，明智先生是怎么考虑的呢？”

克彦极其自然地——至少他自己这么相信——面带微笑、若无其事地问道。

“他认为，此次犯罪好像是毫无线索，因此，没有什么有力的物证。所以，他认为只能从心理方面进行调查。”

“那么，对象是谁呢？”

“有很多啊。目前被认为是清白的这些人都是调查对象。靠我一个人的力量实在忙不过来啊。除了我之外，还有两个科的人也都在帮忙调查这个案子。不过，对于心理调查，大家都不太习惯。这可是一项很有难度的工作啊。”

“由于不断有大案子发生，警视厅的人一定很忙吧？”

“是很忙。只靠现有这些人手根本应付不过来。不过，对于这起陷入迷宫一般的案子，我们要一查到底的。虽然不能动用全部警力，但一部分人，会抓住几条主要线索，不分白天黑夜地跟踪追查的。因为我们的字典里，是没有‘放弃’这个词语的。”

（真是这样吗？如果像他说的那样的话，日本警视厅可真是让人敬畏啊。看来事情越来越麻烦了。不过，刚才花田那些话，不过是故意夸大其词。报纸上的报道中不是也说有许多陷入迷宫的案件吗？警察怎么可能所向披靡呢？）

“真是很辛苦啊。不过，这工作也很有趣吧。因为破案侦查也就是寻找犯罪嫌疑人，就如同猎人追踪受了伤的野兽一样。有一位检察官说过，我天生就是一个虐待狂，所以成了最称职的检察官。这就意味着，那些负责侦查的警察可以体验到最刺激的‘虐待’滋味呢。”

克彦突然萌生了想向花田警部挑衅的念头，特别想挖苦挖苦他。

“哈哈哈哈，你不愧是个搞文学的。剖析得很深刻呀，甘拜下风。不过，说到底，也许正像你所说的那样呢。”花田说道。

于是，两人又齐声大笑了起来。

当天晚上，克彦在床上告诉明美，明智小五郎目前已经参与侦破这个案子了。明美的脸色立刻变了。她倒在克彦怀里，吓得直发抖。只有他们两人时，他们会忍不住向对方表露害怕的心情。

当天夜里，他们俩叽叽咕咕一直谈到凌晨三点。明美甚至嘤嘤哭了起来。看到她那么害怕，克彦也忧心忡忡起来。

“明美，现在是最关键的时候。咱们必须表现出若无其事的样子才行。只要咱们保持镇定，就不会出任何问题。弄不好我们会输在自己手里啊。那是最危险的事。他们绝对找不到把柄的。所以，只要我们俩都不害怕，就一定能渡过这个难关，就会永远幸福下去的。能做到吗？你明白了吗？”

克彦车轱辘话来回说着，说得嘴巴都酸了，才好歹打消了明美害怕的念头。

五

又过了数天之后，有一天晚上，当花田警部来他家串门时，发生了一件给克彦和明美的心理造成很大改变的可怕事情。对他们两人来说，从那以后的十多天，每天都在和恐怖做斗争。所谓恐怖，就是他们心中的恐怖。所谓斗争，就是和他们自己的心灵做斗争。

那天夜里，他们三个人，再加上女佣阿清，开始玩麻将。由于总是花田一个人赢，大家渐渐失去了玩兴。到了九点左右，就不再玩了，照例又喝起了黑标威士忌酒。喝到有点醉意时，花田拽着明美，和她跳了一会儿交际舞。明美也有点喝醉了，吓嘎嘎地笑着，和花田两个人追着玩起来。花田满屋子乱跑，最后跑下楼梯，进了厨房。

“不能这样！太太，花田先生耍无赖。”

女佣阿清刚才好像被花田搂抱了一下。

明美从楼梯中段，有点扫兴地返回屋里来了。克彦倒在沙发上，因为喝了不少酒，脸色通红。明美像要倒下似的坐在他旁边。虽然有点醉意，克彦还是觉得某种不安的情绪正向自己袭来。他觉得仿佛有个幽灵站在走廊某个阴暗的角落里似的。似乎是股野的幽灵……这种奇怪的感觉还是头一次。

正在这时，他们听到啪嗒啪嗒沉重的脚步声，喝得醉醺醺的花田走上楼梯，出现在他们的眼前。阿清叽叽嘎嘎笑着，追着花田进来了。

花田左手拿着硬纸片，右手拿着剪刀，摆出一副魔术师的架势，说：

“夫人，我给你们变个魔术吧。我刚才从楼下拿来了这个硬纸板做的点心盒盖子和剪刀，我就用这个给你们表演一下我的拿手魔术。你们猜猜用这块硬纸片可以变出什么东西来呢？请你们仔细看……”

他就像相声演员似的做出“剪纸”的动作，嘴里还模仿三弦琴的声音打着拍子，一边利索地将硬纸板剪成手的形状。

克彦只觉得一阵毛骨悚然，醉意顿时醒了，头开始一跳一跳地痛起来。明美的表情就好像真的看到了幽灵一般，眼睛瞪得大大的，可爱的嘴巴大张着。

“好了……首先剪成这种奇怪的形状。接下来，我再拿出一只手套，请看……”

说着，他从口袋里取出一只交通警察戴的那种军用手套，将它戴在刚才用硬纸板剪好的五根手指上。

立刻成了一只白色的人手。他用手握着硬纸板的下端，将那手套伸到自己脸前，做出各种动作让他们看。看起来就像有一个人从他背后把手伸到前面一样。

有那么一瞬间，那副手套的形态和明美在案件发生当晚做的动作完全一样。明美再也无法看下去了，差一点就要喊出声来了。她虽然没有像西方女人那样昏过去，也快要支撑不住了。克彦此时也只能闭上眼睛不看了。

（我太愚蠢了。就因为我让这个男人随便出入，才导致今天这个局面的。我本以为这样反而会显得我很坦然自若，看来还是失策了啊。不过，警视厅侦缉科的人绝对没有这么有智慧。一定是明智小五郎在背后给他们出主意呢。能闻到明智的气味。真是个可怕的家伙啊！看来那家伙已经想到那一步了。不过，这只不过是他们的想象而已。他们这是在试探我们呢。能否经受住考验，将决定我们的命运。浑蛋，我怎么会输给你们呢？我的对手不是花田，是现在看不到的明智那家伙。来吧，随便你们出什么招，我都不怕。我可不会被这些毫无证据的恐吓吓趴下……不过，明美会怎么样呢？哎呀，明美是个女人。事情往往坏在女人身上……）

他使劲抓住坐在身旁的明美的手腕，就像在给她打气说“坚强点”似的，用他那男人有力的大手使劲握了一下明美的手。

“各位女士、先生，刚才我表演的不过是个开场戏。从现在开始，将给各位表演本人的拿手把戏。请看！”

花田更来劲了，口齿伶俐地说着台词，还朝着笑弯了腰的女佣阿清招招手，让她站到自己身边来。

“接下来请各位看的，是这条雨衣上的带子。”

这立刻让克彦联想到了当时使用过的股野的雨衣腰带。

明美的身体朝克彦倾斜了过来。克彦吃惊得急忙看明美的脸，她并没有昏迷。可能是由于过分紧张，一时发软的缘故。克彦再次使劲握她的手，在心里向神祈祷，让明美尽可能保持平静。然后，他自己装出有点醉的表情，闭上了眼睛。如果不闭眼睛，自己的表情一定会发生变化的。此时绝不能让花田看出自己表情有什么异样。

（啊，这可不行！明美，你干吗把眼睛瞪那么大呢？那样会被人看出你心里在想什么的。听话，把脸转向我这边！）

他尽量不让花田觉察到，悄悄搂了一下明美的肩膀，让她把脸朝向自己。

“大家请看，现在我要用这条带子绑住我的手腕……来吧，阿清，不要紧的，你把带子使劲给我绑紧！对，对，捆上三圈。然后，再把带子两头系成死结！”

阿清一边哧哧地笑着，一边用带子将花田并着伸到她面前的两只手腕捆绑起来。

“正如大家所看到的，这位美人，将我的两只手腕用力捆绑在一起了。这样一来，我就无法挣脱了。”

说着，他夸张地想要把手腕挣脱出来。

“阿清，现在请你从我的上衣口袋里，将我的手帕拿出来，搭在我的手腕上。”

阿清照他的吩咐把手帕搭在他的手腕上。

“好的，如果捆绑得如此结实的带子转眼间就解开的话，请各位给我鼓鼓掌……”

说着，他在手帕下面鼓捣了几下，猛然两只手抽了出来让给大家看。带子已经完全解开了。

克彦鼓起全部勇气啪唧啪唧地给花田鼓掌。由于只发出很小的声音，他就继续拍手，终于拍出了响声。他稍稍恢复了一些自信，就朝着明美使眼色，让她也鼓掌，但明美只勉强拍了两三下手，没有发出一点声音。

“刚才给各位表演的是藤田西湖[①]亲传的甲贺流派解绳妙法。我把手抽出来的这条带子，正如大家所看到的，还完全保持着原来的形状。打结的地方一点都没有松动。可是，只是这个表演，还不足以让大家开心。接下来，我要将两只手重新伸进刚才逃脱的绳套里。和从绳索中把手抽出相比，把手再放入绳索套里要稍稍困难些。如果我做得漂亮，请各位为我喝彩……”

说着，他又在手帕下面鼓捣了一会儿，然后，猛地把两只手举起时，两只手腕已经被牢牢捆绑在一起了。克彦和明美又勉强鼓了掌。两个人都表情僵硬，只是机械地拍着手。

“哈哈哈哈，怎么样？表演很精彩吧？好了，变戏法到此结束。

---

① 藤田西湖（1899—1966），是甲贺流忍术派的忍术家、武术家。

已经很晚了，我也该告辞了，最后再来一杯吧。”

花田拿起桌上的酒杯，给自己倒了一杯黑标威士忌，然后端起酒杯，摇摇晃晃地向沙发走来。要是他坐到沙发上，就会发现坐在同一沙发上的明美在打哆嗦。于是还没等花田走过来，克彦赶紧站起来，拿起桌上的酒杯，给自己倒了一杯酒。

“来，干杯，干杯！”克彦一边喊着，一边挡在花田跟前，和花田碰了一下酒杯。两人一口喝干杯中的酒，互相拍了拍肩膀。

“啊，对了，对了，明智先生还说了，为什么那天的月亮那么明亮呢？是偶然的一致呢，还是有别的原因呢？他觉得有点奇怪啊。哈哈哈哈，好了，那我就告辞了。”

花田砰地把酒杯放到桌上，迈着蹒跚的步子走向走廊衣架方向。

花田走了之后，克彦和明美又一连喝了几杯威士忌。因为他们实在无法忍受心中的痛苦了。

借着酒劲，克彦很快就睡熟了。可是，没能持续多长时间。到了半夜，他突然醒了。看了一眼身旁躺着的明美，只见她面色惨白，眼睛瞪得大大的，一眨不眨地盯着天花板。她面颊消瘦，看上去就像个病怏怏的人。克彦没有心情像平时那样对她说些打气的话，因为他自己脑子里也很乱。

（那个叫明智的男人是个可怕的家伙！太可怕了！）

这句话变成巨大的声音，在他的脑海里回响。

然而，花田他们的心理攻势并没有就此结束。此后一连数天，可怕的毒箭接二连三地向他们身边飞来，让他们难以招架。

第二天，明美在家里实在待不下去，就去了涩谷的姐姐家，可是傍晚回家后，她显得更加憔悴了。

她上了二楼，默默无语地从克彦的书房门口走过，直接进了卧室。克彦急忙跟在她后面走进卧室，看见明美双手捂着脸，坐在床上，就把手按在她的肩上，问道："你怎么了？出了什么事吗？"

"我已经支撑不下去了。我一直被人跟踪着。你去看看，那人可能还在咱家大门前转悠呢。"

从明美的语调中，克彦感觉到了她的焦躁情绪。

克彦从卧室窗帘的缝隙里悄悄看向下面的小路，问道："是那个家伙吗？穿一件黑色大衣，戴着灰色礼帽。"

"是啊。他一定是花田的手下。我是在涩谷那站才注意到他的。他和我乘了同一辆电车，又和我一起下了车的。然后一直跟着我走到姐姐家。我在姐姐家待了三个钟头呢。所以我以为他已经走了，可谁知从姐姐家一出来，不知什么时候，发现那家伙又在后面跟上了。真受不了！每天都这么被人跟踪，烦死人了！"

"那是他们搞的精神战术。因为他们一点证据都没有，所以这么折腾我们，等着我们自己露出破绽呢。我们可不能上他们的当。这只不过是他们的战术。只要我们表现得若无其事，他们就会撤退的。"

"你总是这么说，可是整天这么撒谎，实在太痛苦了。我已经受够了。我现在真想在大家面前大声喊叫'杀死股野的人是北村克彦’‘他的帮凶就是我。’”

（女人就是软弱啊。她已经歇斯底里了。说不定，不管我再怎么努力，她也坚持不下去的。）

“明美，你是女人，难免有时候会害怕。你再好好想想，如果咱们就此认输的话，一辈子就全完了。不仅是我，你也会作为同案犯受到审判的，而且会被投进可怕的监牢里的。不仅如此，即使期满释放，也没有一分钱，没有人理睬咱们了。想想这些的话，是不是无论多么难以忍受，都能忍了呢。你一定要坚强起来！”

“你说的那些，我也明白。可是，光讲道理不起作用啊。那种让人无比厌恶的、即将沉入地狱深处的感觉，我就是控制不了啊。”

“你现在有些歇斯底里。这是因为睡眠不足的关系。你吃点安眠药，好好睡上一觉。那样就能够忘掉一些痛苦。我得喝点威士忌，就是那个让人恋恋不舍的黑标威士忌。”

然而，事情并没有就此结束。只要明美外出，无论去哪儿，肯定有人在后面跟着她，从不间断。二人都在家里时，无论黑夜还是白天，总有一个穿着黑色大衣的男人站在他家大门外面。

“太太，有个奇怪的家伙在咱们家后门附近转来转去的。刚才我买东西回来，那家伙还看着我，咧嘴一笑。他会不会是小偷啊？”阿清气喘吁吁地报告说。啊，后门也有人盯梢了吗？他们当然知道那人不是小偷。

“是个穿黑色大衣、戴灰色礼帽的男人吗？”

“不是，是穿茶色大衣，戴鸭舌帽的人。那家伙长得凶巴巴的。”

（这么说，监视的人变成两个了。）

明美急忙上了二楼，从窗帘缝隙里往马路上看，那边也有个人。那个人站在河沟边，正斜眼往二楼上看呢。正是那个穿黑色大衣的家伙。

这样，那天晚上，在房前房后的监视者变成了三个人。克彦将书房的扶手椅搬到窗户边，坐在椅子上，就可以从窗帘缝隙看到下面。虽然光线有些暗，看不太清楚，但是能看到电线杆阴影里站着一个人，还有一人装作散步，把手背在身后，慢吞吞地走到对面的街角附近，再走回来，就这样来回走个不停。

（他们可真有耐心啊。我们也必须拿出耐心来。看来要打持久战了。）

工厂烟囱上方升起了一个大大的红月亮。不过，和那天夜里的满月不同，今夜的月亮是残缺的，是那种很不吉利的月牙形。

（就是这个像鬼一样的红月亮让我杀了人。那天夜里的月亮确实是个凶兆，可是今夜的月亮……又会是什么不祥之兆呢？）这时，他听到从卧室那边传来令人厌烦的抽泣声（真是的，她又哭起来了）。原来是明美像个小姑娘似的在哭泣。克彦两手抱住自己的头，坐在沙发上，身体弯成两折。一边强忍着一阵阵发作的头痛，一边想，我不会认输的。你们尽管发起进攻好了。我是绝不会退却的。

然后，他靠着服用安眠药让自己睡得像一摊烂泥似的。第二天早上醒来后，感觉精神又恢复了。

“喂，今天咱们俩出去散散步吧！今天天气多好啊。去动物园玩玩怎么样？然后去精养轩吃午餐。一天到晚总关在家里也不是办法啊。他们愿意跟踪就随他们的便。干脆请他们跟我们一起在精养轩吃饭好了，顺便戏弄他们一番。”

女佣阿清吃惊地送他们出去。他们各自换上自己最喜欢的外出服装，亲密地一起出了门。

他们故意没有叫出租车，而是乘了电车。不可思议的是，今天居然没有被跟踪。进动物园后，他们还仔细地看看周围是否有人埋伏，可哪儿都没发现跟踪的人。进出精养轩时，也没有看到什么可疑的身影。吃完饭，因为时间还早，他们又去了有乐町，看了一场立体声宽银幕电影。去有乐町的路上，以及在电影院里，都没有看到像是跟踪的人。

对于他们两人来说，像今天过得这样悠闲、快乐，真是久违了。一直到天快黑时，两人才高高兴兴地回了家。在家门前，也没有看到平时那几个人影。

（这些讨厌的跟踪、监视莫非就此结束了？尽管他们对我们进行了很猛烈的心理攻势，我居然给应付过去了。）

克彦迈着兴奋的步子进了家门。明美也在初春的阳光下，显得光彩照人，心情大好的样子。女佣阿清已经准备好了晚饭，正等着他们两人呢。

“刚才花田先生来过。他说在书房桌子上，给你们留了一封信，请你们看一看，说完就回去了。”

阿清的语调似乎和平时有点不同，好像提心吊胆的。

克彦一听到花田的名字，心里就感到厌烦（幽灵又纠缠上了我们吗？不过，今天这封信也许是跟我们告个别吧。要是那样就好了）。

他飞快地跑上二楼，去找那封信。只见在办公桌中央放着一张用克彦的信纸写的信。

今天的好心情，转眼消失不见了。

（明智就要来了。那个可怕的明智就要来了。）

不知什么时候明美也上来了，正站在克彦身后看那封信呢。她的嘴唇已经没有了血色，眼珠像要跳出来似的瞪得大大的，死死地盯着那张信纸看。只见信上这样写着：

北村克彦先生：

由于你们不在家，就给你们留下了这封信。明智小五郎先生说，很想见见你们两位，跟你们了解一些情况。所以，明天上午十点左右，我会带明智先生来拜访。请你们两位务必在家。

花田

读完信，两人谁都没有说一句话。他们吓得连话都不敢说了。原本以为终于熬到头了，没想到陷入了更坏的境地。

两人默默无言地下到一楼，坐到饭桌旁边，晚餐吃得就像守灵晚餐一样。他们发现就连服侍他们吃饭的阿清，今晚也不同以往，显得魂不守舍，不像平时那样爱说话。一跟她说话，她就吓一跳似的，害怕地瞧着他们，根本不能好好回答他俩的问话。

“你怎么了？是不是身体不舒服？”

“没有。”

阿清轻轻地回答着，然后就像被人训斥的小狗一样怯怯地偷看他俩。

所有的事情都让他们感觉不愉快。二人三口两口吃完饭，上了二楼。克彦从酒柜上取下黑标威士忌，一连喝了两杯。然后走进卧室，换上睡衣，明美在床上躺下，他在床边坐了下来。他觉着今晚两个人必须好好地谈一谈。

“你说，该怎么办啊？我已经坚持不了了，已经精疲力竭了。”明美说。

“我也烦透了。不过，我们不能就此认输。事到如今，就看谁更有耐心了。因为他们手里一点证据都没有，所以，只要我们不坦白，就不会输给他们的。”

“可是，连花田都明白了呀。那天他给我们表演手套和带子的魔术时，我就知道已经完了。因为他已经把一切都看穿了。股野死了之后，我做他的替身，从窗口喊救命的事；军用手套的事；还有替你制造不在现场证明的事；还有我把自己绑上，假装成被人关进衣柜的事。从头到尾不是都暴露无遗了吗？现在，再加上那个明智先生，我们哪还有活路啊。”

“你真蠢！虽说他们已经知道了，不过是想象而已啊。明智的想象力的确很可怕，可想象毕竟是想象嘛。正因为如此，他才使用变魔术的手法，对我们进行心理攻势。我们要是此时放弃的话，不是正中了他的圈套吗？我倒是想会会这个明智。我要和他当面正大光明地比一比智慧。现在他在暗处，所以我们觉得他很可怕，其实面对面的话，那家伙也不过是个普通人嘛。我绝不会露出马脚，让他抓到的。”

讲到这里，明美突然用一种奇怪的眼神看着他，说道：“你不害怕吗？我怎么老是觉着那边好像有什么东西。有一天晚上，我觉着走廊阴暗的角落里好像藏着幽灵似的。现在我感觉就跟那天一样。”

“你又说这种奇怪的话。你也太神经兮兮了。”说到这里，克彦突然站了起来，从书房拿来了威士忌酒瓶和杯子，又大门大口地喝起了酒。

“那天你为什么要和股野扭打在一起呢？为什么要勒他的脖子？为什么把他杀死呢？你要是没杀死他，事情也就不会弄到今天这个地步啊。”

“胡说什么呢。正因为那个家伙死了，你才成了有钱人啊。才能和我一起这样自在地生活啊。更何况，我也不是预谋要杀死他的。是他先勒我的脖子，我才勒他的脖子的。若是他的力气比我大，我早就被他杀死了。所以，我这是正当防卫。可是，如果去自首的话，我就无法和你在一起了。到时候你也会作为证人被传唤出庭的。而且还不知能不能继承遗产呢。为了不让事情落到那个地步，我才想出那个计策的。最终我们不是也幸福地生活在一起了吗？所以无论发生什么样的事情，我们都必须保住我们的幸福！我还要继续和他们斗下去。我要和明智小五郎一对一地较量一下。”

说完，他又大口喝起了威士忌酒。虽然嘴上说些逞强的话，但若不喝酒，他根本没有那个胆量。

“喂，你听到了吗，刚才有什么奇怪的声音吧。家里一定有什么东西。我好怕啊！”

明美一下子抱住了克彦的膝盖。

就在这时，卧室通往走廊那边的房门轻轻打开了，一个男人走了进来。

克彦和明美紧紧抱在一起，一动不动地盯着那个男人，两人的面孔都由于恐惧而扭曲，反倒像是幽灵了。

“啊，是花田先生……”明美叫道。

那个男人一边慢慢地向床边走过来，一边说道：“是我啊。是我花田。你们俩真可怜啊！我刚才在门外，听到了你们俩的谈话。要是这么痛苦下去，会死掉的。与其这样，你们不如干脆改变想法，也好早点得到解脱。你们觉得呢？”

（看来这家伙一直在外面偷听啊。刚才的话全都被他听到了。可是，可是，证据在哪里？只要我们说没说过那些话，他不就没法子了吗？）

“你有什么权力，擅自闯进别人家里？你马上出去！请你立刻出去！”克彦大声说。

“你可真是不客气啊！我不是和你一起玩麻将、玩扑克、一起喝酒的朋友吗？就算我没有打招呼就进来了，也不至于生这么大的气，赶我走吧。好了，北村先生，怎么样？像我刚才所讲的，你还是早些解脱为好。”花田笑嘻嘻地说。

“你说解脱是什么意思？”

“就是去自首的意思呀。你，也就是北村克彦，就是勒死股野重郎的案犯。你为了制造自己不在现场的假证，让股野的妻子明美做股野的替身，演了一出从窗户露出脸大声呼救的假戏，对吧？”花田说话的口气十分客气。

“蠢货！那都是你们想象出来的。我才不会自首呢。”

“哈哈哈哈，你说的什么话呀。就在刚才，你和明美女士不是全都坦白了吗。说得那么详细，已经没有办法挽回了呀。”

“证据呢？难道说是你偷听到的吗？那是无法成为证据的啊。因为，也可能是你在撒谎呢。我会否认到底的。你又奈我何？”

“可是你根本无法否认啊。”

“为什么？”

“你看看那里。就是床上枕头那边的墙上，壁灯的金属灯座最下面那儿。”

花田这么不慌不忙地说道，克彦和明美听了不由得一哆嗦，向花田所指的地方看去。由于壁灯底座是在电灯亮光的阴影里，他们一点没有发现那里有什么变化。现在仔细一看，才发现那里的确有个东西鼓出来，是个很小的圆形金属物件。

“你们两位外出期间，我说服了你家的女佣，在这面墙壁上钻了一个小洞。然后，从那个小洞往隔壁松平家的厢房客厅里拉了一根电线。此时，警视厅的侦缉一科科长安井等四五个人正在那个房间里监听呢。明白了吗？就是说墙上这个小小的金属玩意是个窃听器，隔壁那个房间里放着录音机，刚才你们两位所说的话全都被录在录音带上了。不，还不仅是你们两人说的话，就连现在我们的对话也全被录了音。所以，刚才我为了日后调查方便，在提到有关人的名字时，故意说得很清晰。”

克彦听到这里，已经彻底放弃了。他深深感到，那个一直躲在花田背后的明智实在太可怕了。

（我输了。做梦也没有想到，他们会准备得这么周到。那张明智明天上午十点要来的纸条，也是为了把我们逼到不安的顶点，让我们自己说出刚才那番话的手段而已。他们一直在等我和明美一起外出的时机。今天，他们抓住了这个机会，说服了阿清，结果在屋子里安装了窃听器。我现在才明白今晚阿清为什么那么害怕了。既然发现阿清的表情与平日不一样，为什么没有产生怀疑，引起警觉呢？可是，事已至此，只能听天由命了。这并不是因为我愚笨，是因为人不可能一直说谎话的。）

“证人不光是警察，隔壁松平家的男主人也在场。而且，你们家的女佣阿清，现在也在隔壁的房间里。还有，今晚对话的录音带，会在众人面前，当场封存起来的。你们明白了吗？这样一来，你们就彻底解脱了。再也用不着像之前那样忍受痛苦的折磨，或是互相争吵了。”

说完这番话后，花田警部脸上露出从未见到过的严肃神情。站在那里，注视着他们两人。明美在花田话讲到一半时，已经倒在床上痛哭流涕了。克彦一直抱着胳膊，垂着头，等花田把话讲完，他抬起头，表情严峻地开口说道：

“花田，我认输了。给各位添了许多麻烦，非常抱歉！不过，我最后还想说一句话。你们的做法虽然不是对人的身体进行拷问，却是对人的心灵的拷打。刑讯逼供肯定是不公平的。说得再严重些，刑讯逼供是一种卑鄙的手段。我想请你们把我的话转达给明智先生。”

听了克彦的话，花田露出困惑的表情，略微思索了一下，又很快恢复了沉稳的表情，说道：

“这恐怕是你想错了吧。不错，我们确实使用了各种方法，对你们施加了心理攻势。但这是不得已而为之。因为你的计策非常巧妙，我们找不到任何实物方面的证据。可是，如果就此放弃的话，就不能够让有罪的人得到应有的惩罚。所以，我们只能采取心理攻势。但是，这种心理攻势与所谓的刑讯逼供的性质是完全不同的。所谓刑讯逼供，是指由于运用严厉的讯问方式，使得一些无罪的人违心认罪的情况。给肉体用刑即属于此。此外，像一昼夜，甚至两昼夜不让嫌疑人睡觉，长时间连续逼供等审讯方式，也可以称之为刑讯逼供。但是，像这次我们对你们采用的方法，如果你不是罪犯，那就是无关痛痒的。因为我们并没有采用任何强迫你们做出虚假证词的手段。你们之所以感觉恐怖，觉得自己好像被刑讯逼供，那是因为你们是罪犯的缘故啊。不然的话，即使我给你们表演那样的魔术，你们也应该不以为然的啊。至于跟踪，如果心里没有鬼，无论怎样被人跟踪，按说也不会说自己杀了人吧。这种心理攻势与德川时代[①]的刑讯逼供完全是两码事啊……你明白了吗？”

克彦深深地低垂着头，没有回答。

---

① 德川时代，即江户时代，是德川幕府统治日本的年代，时间由1603年创立到1867年的大政奉还，是日本封建统治的最后一个时代。